OS VENTOS GEMEDORES

Coleção Gente Pobre (narrativas):

1. INVENÇÃO DE ONIRA
   Sant'Ana Pereira

2. A MULHER, O HOMEM E O CÃO
   Nicodemos Sena

3. DEUS DE CAIM
   Ricardo Guilherme Dicke

4. O SAL DA TERRA
   Caio Porfírio Carneiro

5. GENTE POBRE
   Fiodor Dostoievski

6. A MALDIÇÃO DE ONDINA
   António Cabrita

7. SELVA TRÁGICA
   Hernâni Donato

8. DIÁRIO DE UM MÉDICO LOUCO
   Edson Amâncio

9. OS VENTOS GEMEDORES
   Cyro de Mattos

Próximos lançamentos:

SOMBRAS SOBRE A TERRA
Francisco "Paco" Espinola

OS VIRA-LATAS DA MADRUGADA
Adelto Gonçalves

CAVALOS SELVAGENS
Silas Corrêa Leite

POEIRA E ESCURIDÃO
João Batista de Andrade

SIM SINHOR, INHOR SIM, POIS NÃO...
Antonio Possidonio Sampaio

O TRIBUNAL
Álvaro Alves de Faria

Cyro de Mattos

OS VENTOS GEMEDORES

Romance

LetraSelvagem

Grafia atualizada segundo o Acordo Ortográfico da Língua Portuguesa de 1990, que entrou em vigor no Brasil em 2009.

Direitos desta edição reservados à
Associação Cultural LetraSelvagem:
Praça Santa Cruz da Exaltação, 21- Jd. Maria Augusta -
Taubaté-SP/Brasil - CEP 12.080-540. Telefone: (55) (12) 3635-3769.
E-mail: letraselvagem@letraselvagem.com.br
Sítio: www.letraselvagem.com.br

Diagramação: Cesar Neves Filho
Capa: James Cabral Valdana
Foto do Autor: Pedro Augusto
Preparação de texto e revisão: N. Sena

Posfácio: Profª Nelly Novaes Coelho

O logotipo LetraSelvagem foi idealizado a partir de cerâmica Aruak, padrões utilizados nas bordas dos vasos, compilados por Koch-Grunberg em 1910.

Coleção Gente Pobre
Organizador: Nicodemos Sena

Dados Internacionais de Catalogação na Publicação (CIP)
(LetraSelvagem, Taubaté, SP, Brasil)

Mattos, Cyro de, 1939 -
Os ventos gemedores / Cyro de Mattos. —
Taubaté, SP: LetraSelvagem, 2014.
208 p.
1000 exemplares

ISBN 978-85-61123-14-7

1. Literatura Brasileira — Romance
I. Título. CDD — B869.3

Vol. 9

SUMÁRIO

Nona Parte:

Décima Parte:

Décima Primeira Parte:

Décima Segunda Parte:

Para

Alberto Silva
Carlos Falck
Célio Nunes
José de Oliveira Falcón
e Olney São Paulo

— em memória

OS VENTOS GEMEDORES

POEMA FEITO PRÓLOGO

Os Ventos Gemedores

Dizem do espinho
Que fere e não cura.
Paredes de adobe,
Varas escorando na trama
O zinco cheio de furos
Por onde entram aranhas.
Dizem da flor agônica
Que os dias geram,
Do ouro vegetal
Ensacado até o teto
Para o deleite de poucos
E a miséria de muitos.
Da crueldade dos lucros
No tempo sem remorso.
E sua música invariável
Pelos campos infindos de gado.
Da súplica que entardece
Impressa de nódoas.
Quando vêm as parcas.

Primeira Parte

Os Confins

Paralelas são as serras nos caminhos sem fim. As árvores de porte grande lá no topo esfumado, os galhos e folhas sob a cerração que transita abaixo das nuvens. Píncaros corcoveiam nos caminhos empreendidos pelas serras, formando espetáculo que esvoaça e se perde com toalhas nevoentas. O sol nasce na Serra do Virote e se põe na do Viradouro. Nessa hora do verão, sumindo por lá onde o céu se acurva, avermelha as nuvens nas barras do horizonte.

As melhores roças de cacau de Vulcano Brás foram implantadas de primeiro na Serra do Virote, por entre as árvores nativas da mata raleada. Estendem-se adensadas nos cumes, sobem e descem os grandes despenhos, alargam-se por chão úmido coberto de folhas. Beiradeando as roças de cacau, as matas virgens, impenetráveis por muitas léguas de chão úmido, árvores grandes, cipós no entrançado do mato grosso, de tão escuras confundem o dia com a noite.

O capim viçoso forra de verde o chão na Serra do Viradouro, descambando pelas encostas. Desce por um dos lados para encontrar embaixo o Vale das Garças, onde começa a espraiar-se pelos pastos infindos da Zona do Ouro. Ali o gado alimenta-se em extensões do capim nativo, bebe a água salobra de ribeirões que correm também no vale, alguns deles indo cair no rio Joá.

Às vezes o vento passa forte, assovia no capinzal, agitando-o como se fosse um mar verde com suas vagas enormes.

O Vale das Garças entre as duas serras, por onde o rio

Joá corre estreito em tempo de estio. Nasce na Serra do Virote onde pulsa como um olho. De lá desce num fio, torna-se de repente uma cobra grande, que vem serpeando por entre as pedras pretas até chegar ao vale onde tem começo sua descida pelo leito escuro em alguns trechos. No meio do vale desliza como um bicho de corpo avantajado, a pele grossa cheia de escamas, arrastando-se no leito milenar. Bebe nuvem, come terra, escorre volumoso nos meses de inverno com chuvas pesadas. Então alaga pastos, derruba árvores grandes, carrega bicho morto. Inunda a Vila do Pati na cheia que dura semanas.

As serras separam-se, tomando cada uma seu lado, quando se aproximam da Vila do Pati, um amontoado de casebres de idêntica construção no chão de barro batido, dispostos de modo que formam uma praça, duas ruas tortuosas, uma delas à margem do rio. Contornando o lugarejo, as serras prosseguem paralelas cobertas de matas virgens, ninguém sabendo em que lugar vai terminar tal corrida nas alturas, que avança, de terra em terra, por zonas despovoadas do território do Japará.

Uma fileira de patis com seus troncos eretos e folhas penadas sobressai num morrote próximo à vila. Existem centenas deles espalhados na mata perto da vila. Produzem cocos que servem para a extração de óleos. Açucarados levemente fornecem alimento prestimoso para os que moram na vila. As folhas de pati são usadas na cobertura dos casebres erguidos com paredes de sopapo de barro. A não ser o índio Camamu, um dos fundadores da vila, ninguém consegue subir no tronco liso de um pati para tirar os cocos para a extração de óleo. É a ele que também se recorre quando o casebre erguido está no ponto para ser coberto com folhas de pati.

Um sol forte seca as poças de lama deixadas pela chuva, que escureceu a noite, encharcou as serras e o vale. Engrossou o rio Joá, sob o açoite do vento inclemente desmanchou alguns casebres na Vila do Pati. Um gavião fura agora com pios estridentes a monotonia da manhã pelos ares da vila, a cabecinha tenteando, asas no azul do céu caçando alimentos do chão. Olhinhos espertos no terraço adunco, bico afiado em faminta e sigilosa espreita para roubar pequenos seres ou resto de coisas no lixo amontoado nos fundos de alguns casebres.

A vila sem qualquer traçado no chão de barro batido, ruas tortuosas, uma praça pequena no quadrado irregular. O armazém de Aparício Pança-Farta fica na praça, é também ali que acontece a feirinha feita pelo povinho em cada manhã de domingo. Há também na praça armazéns de portas largas, servindo de depósito de cacau das roças de Vulcano Brás, chega ensacado no lombo dos burros. A vila nasceu das horas e seu fazer simples de casebres por mãos calosas, acostumadas aos usos do tempo na lavra da terra, que dá a erva verde que precisa ser cortada, também semente que produz o fruto na safra farta para o gosto de Vulcano Brás, homem de pulso forte e voz impositiva. O único ali naquelas terras longínquas que sabe como uma safra de colheita boa dá prazer aos olhos e adoça os dentes.

A feirinha teve início com as trocas de coisas feitas pelos velhos e mulheres, como rede, esteira, cesto, moringa, caneco de barro. Com a venda barata de caça moqueada, compra de alguma farinha de mandioca ou milho. E beberagem com a folha dentro da garrafa, remédio de raiz e pau. A feirinha aumenta um pouco o movimento quando chega gente dos Gerais, vaqueiros e tropeiros que descem com as boiadas e ali nas proximidades da vila fazem pouso até prosseguirem viagem no outro dia rumo às cidades pequenas e lugarejos nos limites de Porto Verde.

A vida só tem dois lados naquelas brenhas. De um lado, Vulcano Brás com os jagunços e, do outro, homens, mulheres, velhos e até meninos sob o ritmo invariável do tempo gasto com o suor, que o diga o vento sobre aroma em terra amarga. A noite aloja-se fria em cada casebre, onde se dorme com o corpo sem coberta, na esteira ou na cama de vara. Cinco a dez pessoas vivem em cada casebre, mulheres de cabelos assanhados, meninos com o rosto pálido, barriga grande, alguns magros com a pele pregada nos ossos. Há dúzias de asas negras que rodam o céu na manhã ensolarada quando exala dos fundos dos casebres o cheiro nojento de sujeira no monturo de lixo.

A manhã reverbera agora como espelho que cega. Não é comum o sol resvalar suas lâminas na vila com o tempo sempre a passar sem pressa. Cerca de mil e quinhentas almas vivem na Vila do Pati. Os que ali permanecem durante a semana são os imprestáveis para o trabalho nos pertences de Vulcano Brás, os velhos principalmente, vendo na solidão encaveirada o que o tempo reserva-lhes, escorrendo e lambendo nos pastos dos dias isso a que se chama vida. Os dias escorados na mesmice dos gestos. A vida monótona dessa gente sendo engolida no sumidouro da calma. Meninos costumam brincar com bois de barro, caminhãozinho feito com pedaços de tábua velha, algum mais esperto vai caçar passarinho com estilingue nas ilhas do rio.

Os homens que trabalham nas terras de Vulcano Brás começam a executar suas tarefas cedo, mal o sol desponta na serra. Retornam à Vila do Pati pelo entardecer de cada dia. Aos sábados, por volta das quatro horas da tarde, eles vão ao armazém de Abelardo Pança-Farta onde bebem cachaça, puxam conversa tola, compram mantimentos, que mal dão para que a mulher e os filhos atravessem a semana, sem que a fome aperte a barriga e atanaze o juízo.

Mulheres vão pescar peixe miúdo no rio, sabendo que salgado e frito no fogão a lenha é providência capaz de atenuar a fome quando aperta no meio da semana.

Homens vão caçar nas matas aos domingos, assim que o dia amanhece. Vaqueiro Genaro gosta de caçar com Guinó, o preto que fugiu da senzala num engenho que fica lá pras bandas do rio Japu, não muito distante do mar. Os que têm sorte retornam da mata com caça grande abatida. A caça moqueada vai servir também de mantimento para ser usado na semana, no lugar da comida que sempre está faltando.

Vaqueiro Genaro

Os passos confiantes sob a luz pura do dia. A fronte confortada porque sabe de caminhos acesos dentro dele por sentimentos de esperança, desejos forjados com ardor num chão duro a mostrar-lhe que homem algum é o dono sozinho deste mundo. Deus não deixou a terra para o desfrute de um apenas ou de alguns e a canga para muitos. E atrás dos que formam a maioria filhos e netos repetem o descompasso, vindo deixar a vida, nunca se livrando dos mesmos laços. A mesma coisa todos os dias para os encangados, trabalhar muito, o ganho mal dando para o de-comer. Cada um vai se tornar adubo da terra no final, numa vala que nunca enche. Passos por caminhos que fazem aflorar pensamentos que chegam agora dos longes molhados de suor, urdidos nas horas trabalhadas com facão, machado, foice, ferrão e laço. Depois de tantos anos vividos com o trabalho sugado nos pertences de Vulcano Brás, misturando-se com sentimentos moídos, remoídos, nada vai lhe tirar da cabeça que está perto de acontecer o que andou com ele como um sonho acordado, produzindo a terra rações iguais, água clara para todos.

Raios de sol resvalam no chapéu de couro, redondo como o capacete pequeno de um guerreiro. Brilham no gibão como uma armadura de couro, nas botas que envolvem os pés, as pernas e até as coxas. Destemido, sem hesitar nas ideias acesas com a certeza de vitória, caminha para o acerto de contas final com Vulcano Brás e seus jagunços. A figura do rude guerreiro move-se no gesto agudo a atravessar as camadas de luz que descaem do céu azul com nuvens gordas. Vento de amanhecer sopra ligeiro como brisa no rosto sob a pele cor de cobre curtida pelo sol. Suas artes de bem cuidar o gado são comentadas e afamadas por todos os cantos da Zona do Ouro. Sua maneira de jogar o laço certeiro faz admirar até os mais velhos vaqueiros. O jeito seguro tão dele de conduzir boiadas sem perder uma rês na marcha longa por léguas tiranas. O som fundo do berrante, profundo, pelos campos distantes, o aboio manso sem igual naquelas paragens. Berrante que faz calar a natureza ao redor, e tudo o mais quando repercute ao longe. Aboio que atrai e reúne sem esforço não sei quantas reses, chegando muitas delas aos pulos, alegres pelo capim viçoso.

Não contava as vezes que viu o sol nascer e se deitar na sela do cavalo, os novilhos que castrou, ferrou, formando as boiadas que engordavam nas encostas da Serra do Viradouro. Era o melhor para operar gabarro em burro e extrair calo na rês, outro por ali não existia para tirar bezerro atravessado na barriga da vaca, custando a parir. E todo o esforço que teve com o gado de Vulcano Brás apenas foi para terminar assim mesmo, de mãos vazias. Ali mesmo na Vila do Pati, sem o seu pedaço de terra para semear e colher. Cercar os pastinhos e ter umas vaquinhas de leite, abater alguma que estivesse velha e aproveitar a carne pra ser vendida como charque na feirinha da vila.

Na armadura de couro, chapéu como capacete, aprendera a amar o sol, a chuva, o vento, as estrelas, luares de relva. Mas vozes na capanga diziam de mãos estúpidas, que não perceberam a passagem ligeira do tempo, tão ocupado esteve na lida com os rebanhos de Vulcano Brás. Pelos campos imensos onde buscar as vacas com a cria para o serviço da ferra e contagem exigia esforço, habilidade, coragem. Demorava dias quando a vaca escondia-se com a cria na capoeira grossa. A vida havia passado num repente, nem deu conta que o ontem do amanhã foi um instante da noite para o dia.

O rosto gordo de Aparício Pança-Farta alarga-se com o sorriso de quem quer agradar ao que chega de cara enfezada. "Quero 30 chifres de pólvora, 40 caixas de bala, muito chumbo e cartucho", a voz segura do vaqueiro Genaro. Entre assustado e imbecil, o olhar de Aparício Pança-Farta. "Ainda há tempo, Genaro, pra desistir dessa doidice do levante. Vulcano Brás sempre achou que dobra qualquer doença, só que dessa vez não tem como escapar, está no fim mesmo, se já não estiver morto. E o que vai acontecer com sua morte todo mundo sabe. Trabalho pra muitos nas roças pra ganhar o de-comer, enquanto serras, vales, rios, roças, matas, pastos com muito gado, a vila, tudo que aqui neste velho mundo sem fundo pertença a Vulcano Brás vai passar dele pra mulher e filhos."

Lâminas afiadas no peito do vaqueiro Genaro as observações de Aparício Pança-Farta. Pontas agudas furam os pontos mais longínquos do seu corpo. O rosto magro apanha uma careta que repuxa os olhos cintilantes de ódio. Aparício Pança-Farta sempre contra quando escuta algum ruído mais forte contra o jugo de Vulcano Brás, pensa vaqueiro Genaro. Só não consegue esconder o proveito que tira em tal atitude, uma vida que leva satisfeito, como o único que possui armazém na vila com casa de negócios. O armazém sempre sortido de ferramentas para o campo, munição para arma de fogo, pano de roupa, barrica de aguardente, latas de querosene, mantas de carne charqueada nos cavaletes, sacos de açúcar, farinha e feijão, além de coisas miúdas.

"Cada um neste mundo cumpre a sua sina", voz de Aparício Pança-Farta querendo convencer. "Como os dedos das mãos não são iguais, uns poucos na vida mandam e a maioria vem pra obedecer." Vaqueiro Genaro diz que o mundo rola no erro, "as vacas nunca parem pra muitos, pra uns poucos até os bois pegam a parir." Observa que é chegada a hora de corrigir tal desacerto nestas bandas daqui. Abelardo Pança-Farta não acredita que isso possa um dia acontecer. Vaqueiro Genaro diz que a terra só vai ter valia neste mundo do Japará quando qualquer vivente puder pisar no seu próprio pedaço. É preciso tomar as rédeas do único mandão dessas terras por aqui. Esta é a nossa luta, a gente não vai esmorecer agora. Abelardo Pança-Farta insiste em convencer vaqueiro Genaro para desistir de querer enfrentar Vulcano Brás com sua gente. "A liberdade ganha com sangue não tem valia." A reação de vaqueiro Genaro vem com uma cusparada forte no piso de cimento esburacado do armazém. Os olhos de raiva para cima de Abelardo Pança-farta. "Vejo que já escolheu seu lado. Digo praquele que estiver do lado de Vulcano Brás quando for chegada a hora do levante: a gente não vai ter pena desse maldito!"

Aparício Pança-Farta ficou alarmado com o que disse o vaqueiro Genaro. As bochechas tremelicam no rosto avermelhado. Nervoso, sonda nas prateleiras as coisas pedidas pelo vaqueiro Genaro. Procura ao lado, em cima, embaixo, por trás do balcão, nos cantos. Moscas vão e voltam no voo sem direção. Zumbem em torno do saco de açúcar, assanhadas, algumas chegam a pousar nos braços cabeludos do dono do armazém.

As mãos trêmulas afastam a manta de carne charqueada em cima do balcão. No caixão arrumam a pólvora, as caixas de bala, os cartuchos e o chumbo. Passa o lenço no rosto gordo, enxuga o pescoço molhado de suor. Expressão de espanto dos olhos fixados nos passos do vaqueiro Genaro, saindo do armazém com outro homem, este carrega na cabeça o caixão com a munição de boca para as armas de fogo. Até que os dois homens desaparecem por um dos becos que vai dar numa das ruas por trás da praça.

Vincos no rosto são marcas que o tempo fez no serviço de campear o gado pelos pastos de Vulcano Brás. Veste o peito uma camisa puída por baixo do gibão de couro de zebu, feito por mãos que bem sabiam criar o gado. O que um ou outro tanto deseja naquelas léguas é um dia se tornar vaqueiro competente como ele.

Desviam-se do matadouro Vaqueiro Genaro e o outro homem, a carregar na cabeça o caixão pesado. Aparecem na rua de chão arenoso onde lá no fim homens estão à espera que eles cheguem logo até a casa abarracada.

Queima nos pensamentos a visão que o vaqueiro Genaro vai tendo com os casebres em ruínas, alguns escorados com madeira roliça, outros com as paredes esburacadas. Foram erguidos num pequeno espaço da terra arrendada a Vulcano Brás. O pagamento pela ocupação do casebre em terreno do único dono vem em forma de um dia de trabalho dado de graça na semana, ora nas roças de cacau, ora nas matas, ora nos pastos, durante trinta anos. Aquele que morre antes de completar o tempo de aquisição definitiva do pedaço de terra arrendada perde o casebre para Vulcano Brás.

Roceiro que faça a besteira de não votar nos candidatos

escolhidos por Vulcano Brás quando é tempo de eleições na cidade distante. Aquele que foge para o mato para não votar, por exemplo, no outro dia amanhece no meio do tempo, ao se deparar com o seu casebre derrubado da noite para o dia. Os caminhões vêm apanhar as levas dos roceiros numa estrada de barro, onde fica o ponto de embarque a cerca de umas vinte léguas da Vila do Pati. Ninguém sabe escrever o nome, assim mesmo votam graças às artimanhas de Vulcano Brás, que entrega a cédula de votação para colocar na urna já marcada com o nome dos seus candidatos. Todos sabem que aqui neste fim de mundo Vulcano Brás é o dominador de viventes e coisas. É o delegado, o juiz e o prefeito, até padre só entra nos seus domínios se for chamado.

Dentro da casa abarracada, os homens mostram-se preocupados. Uns estão fumando o cigarro de palha feito com o fumo picado na mão a canivete. A caneca com café quente passa de mão em mão. O que está sentado no caixote velho diz que café quente se bebe pelo cheiro, o outro fala que é como o sentimento da união, fortalece a respiração e esquenta o peito.

Os que estão sentados num banco comprido, no lado de fora, levantam-se com a chegada do vaqueiro Genaro, acompanhado do homem que carrega o caixão na cabeça, o suor respingando o rosto. "Bom dia, gente. Desculpem meu atraso." Manda colocar o caixão em cima da mesa, destampando-o a seguir com o martelo e um pedaço de ferro em forma de estilete. Contente mostra as caixas de bala, o chumbo, a pólvora e os cartuchos. Homens que estavam amolando as ferramentas de trabalho aproximam-se dele, inspecionam o caixão com a munição de boca para ser usada no combate que se aproxima. Pequena multidão logo se forma em frente da casa abarracada. "Todos sabem do nosso propósito. Agora é não ter medo de enfrentar Vulcano Brás com sua gente", a voz irada impõe-se como pequena onda levando coragem a cada um dos homens calados. Um calor forte circula nas veias como nunca havia acontecido, nesse instante em que se reúnem com os rostos sérios.

Os homens passam em silêncio, o rosto endurecido de cada um deles a olhar para frente, sabendo que irão caminhar numa estrada perigosa. De repente o inimigo poderá aparecer com força superior a deles, em qualquer trecho dessa estrada. À frente da marcha o vaqueiro Genaro e o caçador Guinó como o homem encarregado de levar a bandeira branca, na qual se vê escrito em letras vermelhas: TERRA DE TODOS. Logo atrás deles dois o índio Camamu e o negro Julião, cada um puxando uma fileira comprida de homens, que seguem com os passos firmes.

A marcha move-se vagarosa, cada roceiro leva dentro de si a lembrança dos dias trabalhados com mãos calosas, que nunca descansam de sol a sol. Dias com picada de inseto, às vezes de cobra. No íntimo de cada um deles o bicho cascudo alojou-se, corrói os nervos e sentimentos lentamente, sem nunca parar na fome invisível. Das mãos retesadas pendem machado, pedaço de ferro, espingarda, repetição, clavinote. No cinturão de cipó garrucha, revólver, facão; nos ombros, enxada e foices como pontos de exclamação.

Os homens de cabeça erguida passam pela rua onde fica o casebre do vaqueiro Genaro. Das janelas e portas, mulheres, velhos e meninos acompanham os homens que desfilam carregando todo tipo de arma, os rostos de animal atento. Os passos tiram sons fundos da terra de barro batido. O vaqueiro Genaro conduz a marcha com os olhos imóveis no rosto vingativo. A repetição na mão, cartucheiras de bala atravessadas no peito.

Um menino, no batente da porta, tira uma musiquinha na flauta de osso de gavião. A melodia triste é levada pelas camadas quentes do vento, vai se afastando da vila até encontrar na memória de léguas distantes homens trabalhando nos domínios de Vulcano Brás. Canto aguerrido então nasce de gargantas inflamadas, um som bárbaro que vem da terra e desenha letras de fogo no dorso das léguas, chamando nessa hora o sol para iluminar um sonho, que no início era tímido, cresceu aos poucos e se tornou inevitável finalmente.

Vamos guerrear
Pra ganhar o chão
Que a vida aqui
Não é boa não.
Vamos guerrear
Pra ganhar o chão
Que a vida aqui
É de um só mandão.
Vamos guerrear
Pra ganhar o chão
Que Vulcano Brás
É filho do Cão.

A marcha dos homens puxada por vaqueiro Genaro desaparece, pouco a pouco, numa descida do morro. O preto Julião leva uma foice amolada no ombro, machado na mão, e o índio Camamu, um arco e flechas envenenadas.

Julião é um mulato atarracado, cabeça grande enterrada nos ombros. Fora tropeiro de Vulcano Brás até quando teve forças suficientes para tocar a burrada carregada de cacau por trilhas e atalhos, serras e baixadas. Amansador de burro brabo como não havia outro naquelas léguas despovoadas. O bicho botava fogo pelas ventas pior que o demo, saltando aos corcoveios, caía com ele grudado no pelo. Teve costelas quebradas que foram soldadas pelo tempo.

O índio Camamu chegava bêbado ao armazém de Aparício Pança-Farta e saía em estado pior, tropeçando nas pernas. Contou certa vez que Vulcano Brás enxotou seu povo das terras deixadas pelos ancestrais. Chegou montado num cavalo negro, tão negro como a noite mais negra, a jagunçada formando um cinturão em torno dele, as repetições engatilhadas. Ele disse que os índios eram os invasores das terras dele, saíssem logo de onde nada lhes pertencia. Os índios que não quiseram sair, os jagunços mataram, e os que não quiseram morrer como Camamu correram para a selva. Queimaram a aldeia, mataram quase todos, o rio correu sujo de sangue. Camamu tomou até um tiro, não morrendo porque Deus foi cuidadoso com ele.

De lá pra cá, Camamu veio levando a vida trabalhando nas roças de Vulcano Brás. Passava fome com mulher e filhos, às vezes trabalhando doente. Mas nunca havia esquecido o que certa vez dissera Baetá, a índia mais velha da tribo, índio toma pancada, morre de sofrimento, mas não trabalha pra branco como escravo.

Queria de volta suas terras para reunir seu povo de novo na aldeia Pinajá. Não tinha dinheiro neste mundo que comprasse suas terras, vai servir de adubo delas se matarem ele, mas delas não saía mais com seu povo quando elas fossem reconquistadas.

Uma Mulher

Da janela do casebre viu quando os homens passaram crescidos em suas figuras guerreiras. Escutou o canto de guerra renhida, puxado por vozes solidárias numa entonação forte a se repetir nos ares da vila como algo especial. O canto que saía de vozes pungentes penetrava no peito dos que vieram ver a marcha, formando dentro deles sentimentos ligados em surda revolta, vergonha e desprezo. A marcha passava dando àqueles que ficavam na vila a esperança de que agora iam se libertar do jugo de Vulcano Brás.

Depois que eles desapareceram na curva da estrada, entre os primeiros avanços da tarde com o seu bafo frio de começo de inverno, o canto dos homens na marcha ainda ficou batendo nos ouvidos por algum tempo.

Move-se no casebre apressada, fecha portas e janela, pondo travas com pau de sapucaia. Acende a vela no prato de barro do pequeno altar, improvisado num caixão velho forrado com saco de aniagem. O pequeno altar no canto da sala com um Cristo de madeira pregado na cruz, um Santo Antônio de barro, uma Santa Bárbara na moldura antiga sem vidro, comida nas bordas por cupim. À santa guerreira pede que proteja os passos do vaqueiro Genaro e dos que seguem com ele na marcha, entrando nessa hora no Vale das Garças. Pede que a santa combata ao lado deles, dando coragem a todos eles nos momentos perigosos da porfia. Desfia pela boca murmurante um padre-nosso, uma ave-maria e cinco salve-rainhas. Termina a reza com cânticos de reza, tendo vibrações por toda a extensão da pele. Ajoelhada, o peito contrito.

Porque firme na crença de que a santa guerreira não falha em momentos de perigo como aquele, que aflige a muitos dos que ficaram na vila, tem certeza que a dona dos raios e ventos haverá de guiar os passos do vaqueiro Genaro e dos que lhe seguem, protegendo-os quando chegar o momento da refrega com Vulcano Brás e seus jagunços.

Vai até o galinheiro onde apanha a gamela para catar o feijão que ainda resta na lata. Sopa rala de feijão serve para enganar sua fome e dos filhos à noite. Acende o fogão a lenha para cozinhar o pouco de-comer com um pedaço de charque e farinha. Sabe que hoje não é diferente de ontem. De manhã o café fraco, que é bebido com gosto de água, depois de temperado com açúcar preto ou rapadura. Quando há, cada filho ganha um pedaço de bolacha dormida. Bicho do pé não para de incomodar quando está junto do fogão fumacento. Melhor bicho do pé do que berne na cabeça, impaludismo, mordida de cobra e a danada da fome que nunca sossega de roer as tripas.

No quintal ergue o rosto, impelida por uma vontade que não existia antes. Fixa os olhos na Serra do Virote e depois na do Viradouro. Depois de tantos anos isso agora acontece, fixar os olhos nas serras, encarando-as de frente sem nada temer, sem que sinta aquele enjoo e tontura. Como se a sensação opressiva que elas causavam fosse retirada dela bruscamente e levada para algum lugar distante. Os olhos não suportavam ver certa paisagem pesada vinda das serras. O sangue fugia das veias, o sol rodava na mente, se tentava fixar os olhos no destamanho e altura de todo aquele peso terrestre lá nos cumes. No abafo do corpo e alma as vastidões de Vulcano Brás, lonjuras impossíveis de reter na mente.

Lembra o que vô Isidro disse debaixo da velha ingazeira. Os olhinhos negros e vivos, cabelos de bucha, brancos, já beirando os cem anos. O velho mandingueiro da vila falou que um dia não muito longe as serras iam sair do lugar e rolariam lá do alto num estrondo de fim de mundo. Derrubariam as matas, soterrariam as roças de cacau, acabariam com as pastarias. Quando tudo ao redor fosse silêncio pelos confins de Vulcano Brás, no amanhecer mais belo quanto puro, um só pastor ia descer do céu para guiar os novos rebanhos com o seu cajado manso. O que mais ia emocionar era o pastor anunciar o novo reino de São Saruê com todas as mãos comendo numa só mesa. Novas sementes iam ser lançadas no chão, nasceriam novos ramos verdes de luz, rações abundantes, água boa com muito peixe para todos. No lugar do despotismo de Vulcano Brás, o sol ia se levantar com fartura de amor, a manhã como se fosse o paraíso nascendo de novo. Quando disse aquilo, parecia que um espírito de luz estava no juízo de vô Isidro, falando por ele daquele jeito naquele momento. Com aquela voz mansa, baforando o fumo puxado no cachimbo de barro. Ele soprava a fumaça aos poucos em cada roceiro, que vinha para tomar um conselho, receita de remédio, resolver desavença, enfim, aproveitar da sua bondade, encurtando esse caminho que existe entre a terra e o céu.

À noite era comum acordar aos gritos. Furavam o silêncio claro inchado pela lua na vila. Mãos queriam arrancar a pele do rosto, sob o desespero de algo que não podiam afastar dela, olhos encandeados não queriam ver. Vaqueiro Genaro exasperava-se, os meninos choravam alto. Ele bradava contra o inferno que tinha por viver naquelas bandas. Visões danadas da mulher não se afastavam com as pragas cuspidas por uma boca irada. "As serras, Genaro, as desalmadas, elas mesmo, vêm rolando pra cima da gente."

Depois que os homens chefiados por Genaro passaram cantando aquele canto de desejo ferido, de repente uma coragem tomou conta dela, sentindo então naquele momento que não ia ter mais medo de fixar os olhos sem pressa nas serras. Certeza da vitória que os homens levavam na marcha brotou do sangue, circulou nas veias, voou na esperança com uma sensação que não sabia como explicar. A marcha dos homens com suas armas rudes de combate, vaqueiro Genaro de feitio destemido, vibrando naquele ponto da mais pulsante luz refletida com igualdade na vida.

Num passado já longe, desembarcou no navio-gaiola em Porto Verde, uma cidade de praias alvas, que nada mais era que poucas ruas estreitas, alguns sobrados, uma praça sem grama, um hotel pequeno, uma pensão, o comercinho novo perto do cais. Os barracões perto do cais para abrigar os forasteiros. Jamais havia feito uma viagem de navio pelo mar. O navio-gaiola jogava muito, semelhava brinquedo nas mãos poderosas das vagas. Subia e descia. As horas não queriam passar, monótonas, enfadonhas, o navio-gaiola arrastando-se naquele mesmo movimento do mar. Quando passou pela barra, avistou o naviozão com homens que acenavam na proa. A bandeira azul com a cruz amarela tremulava no mastro grande. O navio-gaiola passou pertinho daquele bicho enorme, de tão pesado amassava o mar, aboiando quando apitava, soltando fumaça pela boca larga do bueiro grande.

O navio-gaiola bem vagaroso pelo canal estreito e raso.

Admirada com as casinhas como que pregadas no morro alto, parecia um focinho de cão, entrando pelo mar. O desembarque festivo, alguns velhos davam graças ao Bom Jesus porque haviam chegado sãos e salvos daquela viagem demorada pelo mar. Gente jovem revelava a feição viva do rosto por ter chegado às terras do verde sem fim. Alguns diziam até que o inferno da caatinga havia ficado no passado para sempre, enterrada em seus rastros da desgraça.

Quase uma menina, a inocência no rosto de ruge, laço de fita nas tranças, blusa branca com o bordado de florzinhas no seio. O pai Amadeu pensava em encontrar o paraíso nas terras afamadas do Japará. Terras boas, que dão tudo quando é plantado, estações temperadas com sol e chuva. Queria esquecer a paisagem agreste que queimava tudo, labaredas de dia, bafo febrento no crepúsculo. Era chegado o tempo de dar como acabada a semeadura do não. As marchas constantes com o bando de cangaceiros pela terra seca, rachada e deserta. Em verdes léguas queria retomar o rumo da vida sem pressa, ter o seu pedaço de chão, uma roça de cereais já contentava. No velho aprendizado do sonhar queria plantar. Na terra generosa colher, desfrutar e sossegar.

Lá e Cá nas Léguas

Deixou Porto Verde numa manhã de céu nublado prenunciando chuva, subiu com a filha o rio Japu num saveiro. Horas depois desembarcavam na Vila do Bugre onde descansaram para seguir viagem no outro dia, rumo às terras do Japará. Hospedaram-se numa casa de duas águas, construída no pé do morro em frente da praça pequena, rodeada dc jaqueiras. Era a única ali com paredes de tijolo e cobertura de telha. Tinha muitos cômodos, servia de pensão para abrigar os forasteiros, gente que vinha de uma terra seca onde o sol era hóspede de janeiro a janeiro. Num terreno gramado, margeando o rio, barracões formavam pequeno acampamento para acolher famílias pobres que vinham do sertão. Homens, mulheres, velhos, crianças, misturados pelo chão. Os corpos magros, fala arrastada, passos lentos, olhos sem brilho nas órbitas fundas. Muitas pessoas no meio daquela gente maltrapilha vinham de uma zona devastada por uma guerra santa.

Amadeu demorou de dormir naquela noite. Lembranças de suas andanças com o capitão Lutércio e o bando de cangaceiros pelo sertão rodavam dentro dele. A insônia trouxe-lhe aos poucos pensamentos impregnados dos odores da nova terra, que ele e a filha pisavam pela primeira vez. Um dia, não longe, ia ter um pedaço dessa terra com a sua paisagem verde, o que lhe daria uma velhice mansa junto à filha Almira. Ela iria encontrar o seu homem nestas léguas da esperança onde o verde encharcava os olhos de qualquer que via. Almira lhe daria netos, o seu sangue circulando em outras veias, sua voz saindo de outras vozes, sentimentos dele noutros, nisso que faz uma criatura andar em outra como se fosse uma segunda vida pelos caminhos que a existência tece com o seu mistério antigo, bem antigo. Teve o sono aquecido com a esperança, nada mais que a esperança em finas saliências duma verde trama.

Acordou com os cantos do galo anunciando a madrugada no quintal. O alarido dos pássaros festejava a aurora nas jaqueiras e mangueiras. Uma névoa intensa cobria o rio, estendia toalhas que esgarçavam sobre as águas, descendo fundas rumo o mar.

Enrolada na coberta de lã, Almira demorou também de reconciliar o sono. Primeiras impressões da nova terra que encontrava deixaram-na atordoada. No porto pequeno da baía viu carregadores negros molhados de suor, fortes os braços, passavam com sacos pesados na cabeça. Carregavam a riqueza da terra nos sacos de cacau ensacado, enchiam as alvarengas, embarcações chatas, abarrotadas de sacos pesados. Estavam sempre levando a carga aos navios lá fora na barra.

Em Porto Verde, a dona da pensão, uma mulata gorda, dentadura alva, anel de ouro no dedo, dissera que aqueles navios ficavam lá fora porque eram enormes. Encalhavam na areia, se tentassem entrar no canal para atracar no pequeno porto. Vinham de muito longe, a tripulação loura, de olho azul. Quando os navios ficavam muito longe lá fora, aquela gente loura vinha visitar Porto Verde, aos grupos. Bebia, cantava, jogava. Alguns dormiam com as mulheres que viviam de mercar o corpo em duas avenidas de casinhas próximo ao cais. Certa vez um deles tocou com a gaita uma música doída. Tocou para as ondas do mar. Tocou para a lua clara lá fora. Tocou para a noite estrelada. Tocou para o silêncio que a brisa soprava. Tocou tanto a noite toda, ao redor das pessoas caladas, que muita gente até chorou, ninguém percebendo quando surgiu a madrugada, puxando a manhã pela cauda nas cores amarela, azul e rosa. O homem barbirruivo certamente estava com saudade da mulher e filhos que havia deixado em sua terra. Qualquer um podia adivinhar pelo jeito triste que o rosto expressava quando ele tocava a gaita.

Pela manhã do dia seguinte, vestidos em capas de lã grossa, a cabeça protegida com chapéu de aba larga, pai e filha deixaram a Vila do Bugre. Seguiram viagem por um caminho estreito que margeava o rio. Dois burros novos, comprados ao marido da dona da pensão na Vila do Bugre, levavam a muda e os mantimentos. Um dos burros, o mais manso, ia servir para levar Almira quando cansasse nos trechos mais longos da viagem. Aos olhos de pai e filha, uma terra castigada pela seca ia ficando distante, na medida em que as léguas eram puxadas pelos passos dos burros no viageiro firme.

Odores constantes exalavam dos matos, macacos pulavam nos galhos, pássaros cantavam na festa animada do dia. Sob a pele carnuda do verde, frutas maduras apencavam-se nas árvores bojudas. Um cheiro ativo no ar adoçava-lhes a boca.

Fizeram pouso em pequenas fazendas que encontravam no caminho. O corpo doía da palma do pé ao peito, que respirava cansado. Depois de semanas na viagem penosa, atravessando trechos perigosos, quase intransitáveis com a lama, pegaram uma trilha junto a uma mata. Pouco depois do atalho onde havia um ipê-roxo florido, encontraram uma tapera com uma roça de milho nos fundos. Um cachorro latia no terreiro.

O homem e a mulher com cinco filhos pequenos, todos nus, os cabelos finos, olhos rasgados, vieram até o terreiro. Perguntou ao homem acaboclado se as terras do Japará ainda estavam muito longe dali. O homem de fala preguiçosa respondeu que com mais uma caminhada de umas três léguas eles iam dar no Pati, vilarejo situado numa baixada, junto ao rio Joá, entre a Serra do Virote e a do Viradouro. Se andassem ligeiro, ainda podiam chegar lá pelo entardecer. Ele e a filha beberam água no caneco de barro e agradeceram.

Desígnios de Deus pisar e andar nessa terra verde, em busca de um recanto onde pudesse viver, mas prevenido para se defender e à filha, sempre nele o olhar de animal atento, pois onde está o homem, quando menos se espera, o bote pelas costas pode acontecer. Agora já não tinha a voz do capitão Lutércio avisando o perigo, nem dos companheiros do bando, mas tanto ali naqueles longes como acontecera lá na caatinga nada devia temer. Era seguir o que o coração queria, o juízo aquecia, sem esmorecer.

O verde, esse verde que deságua na esperança. Diante dele, manhãs e tardes na terra toda verde, de inundar o olho, bonito de ver.

No princípio pensamentos remoíam solidão, o coração abafado pela tristeza de seres e coisas que ficaram nas distâncias. A noite fria por ali, a terra sempre úmida nas matas e roças, chovia bastante naqueles confins. O casebre coberto de palhas, a chuva batendo nas folhas de pati. Os pingos grossos como pedras atiradas do céu no chão de barro lá fora.

Sob a luz do candeeiro no quarto, vozes do agreste falavam dentro dele, latejando sentimentos andanças com o bando de cangaceiros na terra como brasa. As plantas cheias de pelos e espinhos, galhos como ossos retorcidos nos arvoredos. Do cacto e da raiz do umbuzeiro a água para beber. O cacto servia também de alimento. E a voz dura do capitão Lutércio a gritar com o bando para não fugir da porfia. Quem vive de atirar também pode morrer, dizia. Ele lembrava: "Não esquecer do povo fraco, dos que teimam de viver no inferno da caatinga. Repartir as coisas saqueadas com essa gente desvalida."

O bando dominava vila ou cidade por onde passasse. Fogo intenso de bala, corte de faca afiada, furada de punhal sem dó e lágrima. O acampamento alegre, dente de ouro alumiava a boca cheia de gabolice. Cabo Ventania castrou o coiteiro que debandou para o lado dos soldados. Cabra Lamparina encontrou o delegado debaixo da cama, batendo o queixo na febre alta. Não teve escape. Cabra Arísio mijou no bolso do juiz, que se tremeu todo, borrou as calças. Cuspiu no defunto do mandão do povoado. "Melhor sorte não mereciam aqueles pestes", voz do capitão Lutércio com a risada demorada.

Olhos amiúde e intensamente na tristeza que as lembranças traziam sobre as andanças do bando. Cenas, situações, passagens. Imagens claras, que a memória havia gravado, passavam agora diante dele como se tudo estivesse desenrolando ali mesmo no quarto. Almira via o pai cabisbaixo por entre os vagares do silêncio, às vezes passava a manga da camisa nos olhos ardidos.

Recolhido à cama de vara. Do seu quarto abençoava a filha, apagava o candeeiro. Tentava pegar no sono, não conseguia. O corpo de um lado para o outro rolava na cama. Os sapos coaxavam nos brejos, ficava escutando-os com os olhos coando as trevas no quarto. Será que podia existir algo mais tenebroso no mundo do que aquelas vozes roucas clamando no breu de tudo em silêncio que o homem naqueles longes cultivava solidão e susto, não passando de um bicho doido e estranho?

As árvores puxavam o verde da raiz aos galhos, a esperança assim brotava no coração de quem tanto queria achar um canto para viver em paz, alojando-se nos olhos de quem tanto via a vida se nutrir de riqueza, bondade e força. Mas as árvores, águas, roças, pastos, reses, coisas móveis e imóveis, tudo que formava o território sem fim daquelas léguas verdes do Japará tinha um só dono: Vulcano Brás.

Com poucos dias que havia chegado à vila, soube que a morte estava em toda a parte. Morte na febre, na picada, na cangalha. Morte no salto, na cama, na curva. Morte na tocaia, no inseto, num instante.

Viu os homens com o machado na mão, facão na cintura de cipó, na direção da mata. Das árvores derrubadas, Vulcano Brás mandava fazer estacas, esteios, moirões, peças, ripas, tábuas. Na clareira que abriam na mata, as roças de cereal plantadas pelos machadeiros passavam a pertencer a Vulcano Brás em pouco tempo. Era assim o homem naquelas lonjuras despovoadas? O perverso destamanho que a terra tramava resultava com a derrota de muitos no trabalho diário, pendendo a vitória para apenas um homem que mandava e desmandava.

Os ares da morte sob outra roupagem, a tirania do verde com suas nuvens escuras. E tudo estava consumado, e o coração tanto desejara, e retornar à caatinga agora de que adiantava? E o corpo então tinha tremores, e a alma caía no desânimo, e céus despencavam com a chuva grossa encharcando a terra e apodrecendo as folhas, e o vento de açoite batia sem dó nas plantas, árvores pequenas e grandes.

Lembrança de Maria Danga acontecia com as sombras da noite. Tinha a pele cor de cobre, queimada pelo sol inclemente da caatinga. Olhos negros, rosto redondo, cabelos crespos alisados e penteados até na hora de dormir. Abortou duas vezes antes de lhe dar Almira numa parição que atravessou a noite com as dores fortes. Gemeu e chorou alto. As contrações fracas não conseguiam expelir a criança. O sangue derramado numa vida que se calou, puxando outra que nascia. Não fosse a parteira Otacília, com muitos anos nas artes de aparar menino na caatinga, a criança também havia morrido. Demorou muito para nascer, apareceu roxa, coberta de sangue. A parteira botou a boca na boca da criança, fez força, encheu-lhe de ar os pulmões pequeninos, conseguindo que ela soltasse o vagido.

A criança ficou no início com a avó materna. Engatinhou, cresceu, começou a falar as coisas. E passou a ajudar a avó, em trabalhos como lavar, cozinhar, semear feijão e milho. Decidiu então mandar a menina para os cuidados do padre Antenor, na Vila das Pombas. Precisava tomar ensinamento na escola que o padre mantinha nos fundos da igreja, pegar a ler, escrever, contar, tomando os hábitos de moça educada.

Não ia querer que Almirinha se tornasse com o tempo uma moça despreparada, sem bons costumes, caindo fácil em trabalho de cozinha para mulher de fazendeiro, a vida de cão o ano inteiro. Não queria que um dia fosse viver no pior, mercando o corpo de mulher esculhambada no puteiro. Padre Antenor falava que não se preocupasse com a educação da menina, seria bem cuidada, tudo ia dar certo. Aprenderia a boa leitura, desenvolveria a escrita. Com as lições de catecismo ia saber que só Cristo salva neste mundo pecador e a Virgem Maria ampara nas horas aflitas.

Como esquecer o padre Antenor? Atencioso e generoso. Os olhinhos miúdos como duas contas azuis, cabeça branca, a voz serena. Aconselhava dizendo que é muito o pouco que se tem com Deus, mas o muito sem Deus é nada. Quando o bando fazia pouso nas imediações da Vila das Pombas, escutava no confessionário as queixas de cada um dos cangaceiros. O sangue de Cristo era mais forte, muito mais poderoso, ele dizia. Só o Salvador sabia mais das necessidades que os fracos passavam neste mundo. Ele estava vendo as andanças do bando chefiado pelo Capitão Lutércio, justamente o que os cangaceiros faziam depois dos assaltos, tirando daqueles que possuíam e dividindo com os que nada tinham.

Intenso de Bala e Cardo

Pelo fim da tarde saía do acampamento montado no burro com a cor de pelo de rato. No escurinho da noite atravessava a chapada de terreno arenoso onde no fim ficava a Vila das Pombas. Desmontava nos fundos da igreja, amarrava o animal à estaca solta perto do muro. Batia na porta, ansioso, querendo ver como ia Almirinha sob os cuidados do padre Antenor. Quando a via como botão entreaberto na inocência da vida, aquele rosto puro, que transpirava emoções boas, dava vontade súbita de largar o bando, deixar aquela vida de assaltos, porfia constante, de um lugar para outro, sem sossego e pouso duradouro. Vontade mais forte, enraizada num pacto a que se habituara a vida, imposta na desgraça dos acontecimentos, afastava aquele pensamento que o incitava a deixar o bando. Batiam nos ouvidos os tiros, gemidos e ladainhas dos que viviam como desvalidos na caatinga. Dava a bênção à filha, de olhos submissos beijava a mão do padre, voltava para o acampamento montado no burro com o seu passo pequeno dentro da noite quieta.

Anéis de ouro nos dedos, cabelos grandes descidos até os ombros, rápido com a máuser ou o punhal afiado. Capitão Lutércio mastigava nos dentes raivosos a palavra chamada destino. Sina de cangaceiro por esta porta de cardo, caminhos de Deus ou do diabo. Seca, fome, bala, sangue. Comandava o bando com rigor e destemor por entre lonjuras da terra abrasada. Ele usava uns óculos escuros, dentadura de ouro alumiava na boca pequena.

Ele já havia notado que uns cabras iam se deixando dobrar pelo peso da idade, esmorecidos para combater soldado, fazendeiro e comerciante. Vencer na porfia renhida os que estavam do lado dos poderosos. As constantes refregas, anos de estrada a rolar na caatinga vinham afrouxando uns cabras, sem disposição firme no desempenho que cada combate exigia.

Solidão e amplidão, bala e cardo. A terra como brasa viva a queimar as fibras da coragem.

Na última contenda do bando, lá pras quebradas da Vila Cana-Brava, tudo aconteceu bem ligeiro sem que o Capitão Lutércio e os seus cabras pudessem se livrar da emboscada em que haviam caído. O coiteiro Nazareno tinha avisado sobre uma volante com muitos soldados no encalço do bando. Armada de metralhadora e arma do melhor calibre. Tudo aconteceu com o ataque fulminante pelas costas. Cabra Toiceira, o batedor do bando, que explorava o terreno adversário à frente, informou que não havia uma viva alma na Vila Cana-Brava. A vila despovoada num silêncio de cemitério. O comércio, a delegacia, a igreja, as casas estavam com portas e janelas fechadas. Capitão Lutércio pediu que o bando fosse cauteloso, os soldados podiam estar escondidos nas trincheiras, os moradores entocados nas casas. Paisano entocado na moradia luta como demônio, nunca se entrega, pior do que soldado cercado pelo fogo do inimigo. É como onça acuada com a cria. A desgraceira com a aparência de calma podia estar ali mesmo guardada para todos eles.

O Capitão Lutércio, ele e o cabra Dorinato, concentrados na sela dos animais, entravam devagar na vila. Os cabras vinham atrás montados em animais conduzidos à rédea curta. Não se ouvia um ruído, canto de passarinho, cacarejo de galinha. Coisa estranha aquele silêncio, apenas o vento seco soprava as folha do umbuzeiro. Nenhum deles sabia que a única saída nos fundos da vila havia sido bloqueada por uma barricada feita com pedras e sacos de areia. Um pelotão de soldados espreitava por trás os movimentos do bando. O fogo cantou de repente pelas costas, os soldados não erravam um tiro, sem defesa cada cabra atingido ia caindo da montaria. Os soldados apertaram mais o cinturão por trás com o fogo da metralhadora, bala cuspida zuniu por todos os lados. Os moradores começaram a atirar pelos buracos feitos nas portas e janelas. Os cangaceiros desnorteados tentaram fugir como num estouro de boiada, não conseguindo êxito. Mais bala veio agora dos telhados e das torres da igreja.

Sorte ter saído vivo. Encostou-se à parede de uma casa no canto da rua, abaixou-se e saiu rastejando feito cobra até alcançar um beco onde não existiam tiros. Viu o burro do capitão Lutércio próximo a um curral de cabra abandonado. Pulou na sela e saiu na disparada doida, sem saber que direção tomava. Feriu-se com espinho e galhos de arvoredo na vegetação seca. O braço sangrava, o ombro doía muito. Acordou no outro dia, cansado, com sede e fome. Viu o burro do capitão Lutércio amarrado ao arvoredo. Nos olhos do animal aquela tristeza que infundia pena. O burro como se estivesse sentindo a ausência do dono, talvez sabendo que o capitão Lutércio havia sido atingido com uma bala na cabeça, durante a refrega na Vila Cana-Brava. Continuava sangrando o braço, uma bala de fuzil havia penetrado no ombro esquerdo. Montou no burro e, num esforço extremo, seguiu caminho rumo à Vila das Pombas.

No mesmo dia em que chegou à Vila das Pombas, o padre Antenor foi buscar o médico para cuidar do braço e extrair a bala alojada no ombro. Era um médico jovem, voz educada, tinha o cabelo alisado com brilhantina, usava óculos de aro fino e lentes pequenas. Disse que com mais três meses ele seria outro homem, mas tão cedo não ia poder pegar peso por causa da bala que atingiu nervos do braço e o osso do ombro. Firmeza na mão e movimento ágil nos dedos só com o tempo ia saber.

Ecos da Promissão

Os que regressavam para buscar a família davam notícias sobre a riqueza da terra nas matas do Japará. As boas notícias sobre uma terra generosa corriam de boca a ouvido pelos engenhos, sítios, vilas, cidades. Andavam na feira com a cantoria dos ceguinhos.

Comprou então outro burro para fazer a viagem com a filha, de Vila das Pombas até Cajueiro da Foz onde embarcaria no navio-gaiola rumo a Porto Verde, porta de entrada para as zonas férteis do território do Japará.

Ultimou os preparativos da viagem. Revólver, cartucheira recheada de bala, punhal. Roupas na mala de couro, simples e poucas. Colchão de capim, travesseiro. Pediu a bênção ao padre Antenor, o mesmo fez a filha Almirinha.

"Tome isso aqui, filho", o padre entregou-lhe um saco de moedas de ouro e um maço de cédulas de dinheiro. "Pode ser útil no caso de surgir alguma situação difícil", mansamente disse.

"Obrigado, padre. Só Jesus pode lhe pagar o que o senhor fez comigo e minha filha."

"Deus vos guie e proteja."

"Amém."

Vendeu os burros ao homem desdentado com voz grossa, sem um olho, dono de um sítio, nas imediações de Cajueiro da Foz. Mas só entregou os animais quando retirou a bagagem da muda ali no cais onde comprou as passagens de última classe para a viagem no navio-gaiola pela manhã do outro dia.

Desconfiado, corajoso, com firme disposição para enfrentar nova vida. No embarque em Cajueiro da Foz, viu muitos abraços demorados, mansos gestos de saudade, tristeza e afeto. Escutou choro forte das pessoas que se despediam dos parentes no cais. Na proa do navio-gaiola olhou para a casa da pensão que se hospedou quando chegou com a filha a Cajueiro da Foz. O navio apitou e foi saindo vagaroso na manhã ensolarada.

A velha casa branca erguida no alto de uma ladeira foi se distanciando dos olhos até se tornar como um pequeno ponto na paisagem do morro. A manhã com cheiro de maré refletia nas águas um sem-número de espelhos. Os olhos encontraram a filha a cantar com duas meninas cantigas que falavam de pesares e incertezas.

A florzinha da caatinga
No meu coração mora,
Se disser que vou embora,
Ela fica triste e chora.

A florzinha da caatinga
Não quis me ouvir,
Ficou toda saudosa
Quando fui me despedir.

Minha mãe me botou na escola
Pra que eu aprendesse a ler,
Eu fugi e fui pro mundo,
Aprendi outro abecê.

Ciranda, cirandinha
Vamos todos cirandar,
Como nuvem eu vou agora
Pra nunca mais voltar.

Segunda Parte

Dedo no Gatilho

Quando chegou à Vila do Pati, procurou na mala o saco com as moedas de ouro que o padre Antenor havia dado em Vila das Pombas. Em vez das moedas de ouro encontrou areia no saco. Em que lugar havia sido roubado? Na pensão em Cajueiro da Foz? Em Porto Verde? Na Vila do Bugre? Não conseguia precisar um lugar, não lembrava de alguém que tivesse se aproximado dele e pudesse ser tomado como suspeito do roubo das moedas de ouro. Fez vários pousos em pequenas fazendas que encontrava à beira da estrada quando buscou as terras do Japará, caminhando léguas pelo mato. Havia sido roubado num desses pousos que fez em alguma fazenda à beira do caminho? Chegava cansado em cada lugar que pernoitava. Atordoado com a paisagem nova que via, achando-se estranho entre seres e coisas que se mostravam pela primeira vez aos olhos curiosos. Tudo soava diferente do que deixara na caatinga, esbanjava em cada canto como brasa verdejante dum cenário viçoso jamais imaginado. Chegava a esses pousos de fazenda cansado, à noite nem tinha vontade de comer. Depois do banho no ribeirão pela tardinha, o corpo só queria dormir, repousar no sono bom, esquecido de muito caminhar pelo mato. Não se lembrava de ir conferir se o saco com as moedas de ouro estavam guardadas no fundo da mala.

Havia sido roubado, isso constatava de maneira irremediável. Só restava olhar para frente, esquecer as moedas de ouro que o padre Antenor havia presenteado para que lhe socorressem em hora de precisão. Tivesse muito mais cuidado agora com a criatura humana que vivia naqueles longes. Certo que não era ali a paisagem como lá na caatinga, a vegetação agora brotava do verde em cada canto da terra fértil. A paisagem mudava, mas não o homem, com o seu jeito traiçoeiro de agir.

Os anos iam passando no mesmo compasso, ele sentia que o desejo de ter um dia seu pedaço de terra ficava cada vez mais distante. Naquelas bandas tudo pertencia a Vulcano Brás, coisas que se vê e não se vê. Nunca pode ter seu pedaço de terra, nem perto nem longe da vila para contentar os olhos enevoados e a alma cansada no corpo velho.

Almira passou logo a cuidar de uma horta que ela mesma fez nos fundos do casebre. Vendia verdura na feirinha da vila, enquanto ele as gaiolas que fazia na semana, com a paciência do fazer, tristeza do prender, necessidade do viver.

Numa nesga de terra que fosse, Vulcano Brás não queria que ninguém derrubasse a mata para se beneficiar com o plantio dum roçado de cereal ou de árvores frutíferas. "Quem vende ou empresta a terra aos outros, um dia pode precisar e não tem", dizia quando alguém se aproximava dele, em busca de receber um pedaço de mata ou capoeira grossa para derrubar e plantar. Ele vozeava e dava gargalhadas com se tivesse partindo o sol em pedaços, causando assombro o gosto que saía estalado de sua boca. Negava com satisfação o pedido que o roceiro fazia, estalava a língua várias vezes.

Um dia pediu emprestada a repetição ao caçador Guinó. Foi atirar nos urubus que rodavam no céu acima do matadouro. Não perdeu um tiro. O bicho atingido vinha descendo veloz com as asas fechadas, feito um embrulho preto até espatifar-se no chão. Vulcano Brás soube logo dos tiros certeiros que ele deu nas imediações do matadouro.

Já fazia algum tempo que não dava um tiro com qualquer tipo de arma. Ao testar a pontaria, sentiu que braços, mãos e dedos mostravam equilíbrio no manejo da repetição. Voltava a ter o cálculo perfeito no momento exato do tiro. A mira no alvo certo, a respiração suspensa e o dedo rápido no gatilho. Tudo isso feito com habilidade, tendo o comando seguro do juízo.

Fora contratado para desfazer desmando de vizinho que não queria respeitar os limites das terras de Vulcano Brás. Se fosse preciso, serviço para ele ficar sozinho atrás do pé de pau. Disparar o tiro certeiro no vizinho implicante, não respeitando as divisas que marcavam cada fazenda do dono daqueles confins.

Nunca teve jeito mesmo de pegar na enxada para lavrar a terra. Capinar, revolver, abrir as covas e semear na lua certa. Esperar a chuva, limpar, colher. Vender, lucrar. Guardar, comprar, progredir. Nunca soube manejar machado, foice, facão, não aprendendo por isso as lições que a terra dava através de cada estação. Verdade que pensou em aprender um dia tais lições em sua rocinha, ali nas terras do Japará. Acreditava que ia ficar livre das danações que a caatinga oferecia todos os dias.

Desejava mais que tudo uma vida decente para Almira, pensava na filha casada com marido trabalhador e a prole de filhos sadios. Teria assim uma família para a qual fora educada e que por isso mesmo merecia.

Perguntava-se como ia cuidar de um pedaço de terra, se não tinha jeito para a lavoura, além do mais para onde fosse naquelas léguas verdes pisaria sempre nos domínios de Vulcano Brás.

Almira não precisava saber que ele era agora um dos que defendiam os domínios de Vulcano Brás.

Às vezes ia ter que passar os dias longe de Almira, caso fosse de resolver uma encrenca daquelas que irritava Vulcano Brás, tirando-lhe a fome e o sono. Como ocorreu com o vizinho Lazário, negro abusado, metido a rio cheio, desinformado com as linhas divisórias e marcos da fazenda Palmeira dos Pretos. Não sabia que com Vulcano Brás não se discute por causa dum pedaço de terra duvidosa. Chão e margens, céus e águas, ao som das esporas, da voz impetuosa com chicote e bala. Só um doido ia procurar encrenca sobre qualquer marco ou divisa com o mandão daquele mundo sem fundo. Melhor era recuar cedo, recebido o aviso para não continuar com a encrenca, do que teimar e amanhecer comida de urubu.

Botasse a razão no lado claro das coisas. Havia ficado anos no ofício de matar alguém tido como invasor dos pertences de Vulcano Brás. Respiração presa atrás do pé de pau, só alçar a arma, fazer a mira e papô! — o corpo a cair ali mesmo no chão coberto de folhas úmidas ou impelido com o tiro para rolar na ribanceira. Botasse clareza no juízo. O caçador Guinó alertou do real propósito de cada empreitada sinistra que executava. O vizinho era eliminado para Vulcano Brás se apossar das terras do morto e ampliar cada vez mais seus domínios. Não era nada de encrenca com os rumos e marcos de cada fazenda, que algum vizinho não estivesse respeitando. Vulcano Brás inventava com astúcia a invasão do vizinho em suas terras, ordenando sem hesitar que o maldito fosse enviado para as profundas do inferno com uma bala no peito.

Lá no sertão ingrato, a alma armazenava o ódio surdo por conta do chão esturricado, onde só medrava pobreza e fome. O sentimento de injustiça também vinha do despotismo do governo, sem ligar para a sorte do lavrador desvalido. Ou ainda do cambão do fazendeiro nos que trabalhavam na terra seca e da carestia conveniente do comerciante.

O sol vermelho de cegar as vistas, a língua inclemente a lamber o que fosse vida com o aço da morte. Em vez de saborosa fruta, boa sombra, água farta, havia o sol como hóspede da terra o ano inteiro, queimando tudo todos os dias. Ante tanto desgraça da terra, a justiça acabava sendo feita pelas próprias mãos dos cangaceiros. Morressem os afortunados, uma cambada de gente miserável, que se aproveitava do destino dos infelizes que lavravam a terra deserta. O que se saqueava no assalto às vilas fosse destinado uma parte aos desvalidos com suas vidas secas.

Fosse verdade o que o caçador Guinó dissera, ou não, certo é que ultimamente vinha esmorecendo no ofício de matador atrás do pau. Sem vontade de puxar o gatilho. Sem querer acertar o alvo e ver o corpo ser atingido pela bala mortalmente. Uma vez teve vontade de avisar do perigo ao vulto desprevenido.

Carne de cadáver amargava agora a boca de poucos dentes. Um odor fétido molhava de suor as mãos crespas, sob a pele grossa como casca de madeira velha, enrugada no tempo.

Chamas da Carne

Dessa vez era sério, Vulcano Brás não estava inventando alguma história de encrenca com o vizinho para tirar proveito disso através de uma empreitada sinistra executada. Olívio foi levar a ordem do pai para Amadeu. Era para ele comparecer à fazenda Boa Vista naquele dia de veranico de janeiro. Vulcano Brás queria exemplar um vizinho que havia recuado a linha divisória junto ao Ribeirão das Pratas. Chamava-se Maneca Dandão o sujeitinho intruso, tão esperto quanto teimoso quando entendia que a razão numa disputa de terra devia pender para o seu lado. Não era a primeira vez que mostrava não ter medo de enfrentar Vulcano Brás. De novo afastara os marcos da linha divisória ousando ficar com o Ribeirão das Pratas nos pertences dele.

O caso merecia ser encerrado com estampido de repetição. Aquele vizinho provocador, de vil intenção, queria fazer Vulcano Brás de abestado, como se ele não tivesse pulso forte para defender o que lhe pertencia. Fosse um frouxo, que tremia da cabeça aos pés, ao ouvir falar em briga entre vizinhos por causa de terra. Só mesmo bala certeira no peito do vizinho intruso ia mostrar quem era mais corajoso e esperto.

Ai do peste que tentasse roubar algum pedaço de terra ou aguada nos pertences de Vulcano Brás. As sombras da repetição já se estendiam pelo chão quando aquele tipo de situação acontecia. Certamente o vizinho de fazenda com Vulcano Brás amanheceria morto na curva da estrada.

Olívio desceu para a vila montado no cavalo branco. O cavaleiro imponente, espora e rebenque de prata a reluzir na manhã de sol. O cavalo a chamar atenção por onde passava, à rédea curta conduzido, o toque-toque das ferraduras na terra com pedregulhos. Cadência em maciez de sela, viageiro bom, chegava a dar sono ao cavaleiro. A sela oscilante, em perfeita aderência cabresto, rédea, mãos. O animal habilidoso a conferir o caminho por onde passava. Quando passava em trecho de terra mole, deixava as marcas da ferradura na grama molhada.

Brilho de fogo alumiará os olhos de Olívio quando avistar Almira na vila. Na pele suada odores de outra pele, preso na garganta um sabor de fruta madura. Sentirá sua língua quente como a lamber uns seios pequenos e redondos.

Após dar o recado do pai a Amadeu, irá se informar com Aparício Pança-Farta sobre seis homens que chegaram à vila no começo da semana, em busca de trabalho naquelas bandas do Japará. Aparício Pança-Farta mandou dizer a Vulcano Brás que os homens estavam dispostos a largar o couro do corpo no trabalho em troca de sustento para mulher e filhos. Foram acomodados com as famílias em dois cômodos nos fundos do armazém. Ele aguardava agora a decisão de Vulcano Brás sobre o rumo que se devia dar àquela gente.

Assim que entrou na vila montado no cavalo branco, avistou Almira retornando do rio, a trouxa de roupas na cabeça. A vara de pescar e uma fieira de peixes miúdos numa das mãos. Porqueira de peixes miúdos que pouco serviam no de-comer, Olívio pensou, sabendo que podia dar um passadio melhor para Almira, desde que ela se tornasse sua mulher.

Os seios pequenos como dois limões colados no vestido molhado. Mais uma vez o destemido cavaleiro irá exibir diante dela com olhos tímidos sua destreza em atitude de quem sabe comandar Raio de Sol. Ela visse como se empinava um cavalo fogoso, equilibrando-o sobre nervos e músculos, no ar cavaleiro e animal obediente em perfeito entendimento.

Raio de Sol nunca negou o passo maneiro, como sempre macio de pisada em viagem comprida. Do mesmo jeito que ele partia, do mesmo jeito vinha chegando, chapt, chapt, chapt, os leves passos em cadência de cascos. Qualquer filha de Raio de Sol com as éguas, que o dono cuidava com zelo, poderá ser de Almira. Éguas de raça enxertadas por Raio de Sol, marchador puro sangue. Era só ela querer qualquer cria delas, prontamente Olívio estava disposto a atendê-la.

Ora empinava Raio de Sol diante dela, ora saía em disparada. Chispavam faíscas as ferraduras, revolviam poeira no chão batido. O cavalo guiado habilmente pelo dono na corrida retornava daí a instante para o local onde estava Almira.

Chamas resvalavam num espinho que deixava cada vez mais o cavaleiro inquieto. Tomado de febre, o corpo suava quando ele avistava a filha de Amadeu, cresciam no coração acelerados desejos como brasa viva.

Esporeou pela última vez Raio de Sol, o animal saiu célere para que ela visse quão intenso era aquele galope a incitar no cavaleiro uma fome alimentada de ventos indomáveis.

Coisa fixa ou móvel saísse da frente, veloz passava um cavaleiro irascível, o vento que soprava nas narinas dele era mais quente do que os sopros fortes que saíam das ventas do cavalo, em galope moldado de força e carreira nesse instante.

A Hora de Parar

Um homem rugado pelo tempo, envelhecido com a dura verdade de si mesmo em que entravam lembranças de seres e coisas que havia deixado na caatinga. Estaria aí pelos 65 anos, havia chegado a hora e a vez de parar no seu ofício de matador. O rosto pálido, olhos de um verde doentio, sem querer encontrar com os olhos de Almira. Cabelos ralos, brancos, anotavam agora que o tempo havia passado sob a sequência de ardores surdos. Sonhos inquietos, revezados na razão alimentada de tristeza. Cenas que machucavam o peito vinham do deserto, perdurando nos instantes solitários de outro deserto onde o verde gerava a flor da agonia.

Fui me embora do sertão,
Viajei por chão e água,
Mas o verde não encontrei
Pra afogar a minha mágoa.

Cantava baixinho, no peito doído cantava. Passos ficaram perdidos na cavalgada sobre a terra rachada, marcados pela sina concebida em revolta, que estendia na terra infame os saqueados e os mortos. Amargos os passos, depois retomados sob os mesmos laços do verde que feria, brotava intenso em qualquer parte, mas que lhe negava os frutos maduros, numa cantiga que fizesse nele o sorriso de um menino diante do jardim florido.

De uns anos para cá imprestável para executar a empreitada sinistra por trás do pé de pau. Um traste que se repelia, era o que via exatamente no olhar frio de Vulcano Brás.

Dores começaram a aparecer naquele braço e ombro que haviam sido penetrados por uma bala, durante a última porfia do bando de cangaceiros, na Vila Cana-Brava.

Tremor nos dedos, suor na mão, vacilo no instante do tiro. E sombras no peito impediam que a empreitada sinistra fosse consumada. Agora só vergonha quando seus olhos encontravam os olhos tristes de Almira. Os passos trôpegos na Vila do Pati. Boca babada, cheiro de cachaça, falava umas asneiras sob a chuva que caía forte ou debaixo do sol causticante na praça. Enxotado do armazém de Aparício Pança-Farta, coisa sem qualquer presteza, podendo ser tirada da vida, jogada fora, não ia fazer falta.

Antes de fechar os olhos para sempre, cantou a noite toda no quarto. A voz sofrida como cego de feira, deixando entre sombras espessas notações de pesar dos dias sem alento, sabendo que a vida ali no meio de tanto verde fora impossível de ser alcançada. Não se abriu a porta, trancada com chave grande, estupidamente grande. Exatamente no ponto crítico daquele pequeno espaço verde, que o coração tanto queria.

Na viola do peito, sozinho, Amadeu cantava:

Cada um no seu canto
A sofrer o seu tanto,
Cada um no seu pranto
A provar seu desencanto.

Lá a terra seca,
Brasa vasta do sertão,
Cá a terra verde grande
A enganar o coração.

Ferrão Doido

Amadeu foi enterrado numa tarde fria. O enterro seguiu acompanhado pelo povinho da vila, formando atrás do caixão aquela cauda triste batida pelos ares da tarde cinzenta. Vento frio soprava peitos contritos, rostos cabisbaixos. Várias vezes os carregadores do caixão revezaram-se até o enterro chegar ao cemitério, que ficava no outro lado do rio Joá, perto da mata. Cemitério no abandono tomado pelo mato, onde em algumas covas a cruz simples de madeira trazia o nome ou apelido, em letras tortas, daquele que havia sido enterrado há poucos meses.

Antes de ser fechado o caixão, Almira quis ver o pai pela última vez. Queria guardar gravada na memória a imagem de um homem que muito andou na terra seca, a não lhe dar nada, e que depois buscou as léguas da terra verde, que lhe ofertou solidões estercadas com sombras.

Dias depois, Aparício Pança-Farta foi levar a Almira o recado de Olívio. Proposta para ela não viver sozinha naquele casebre prestes a cair com o vento forte ou chuva pesada. Num passadio que dava pena, com peixe miúdo pescado no rio, pirão d'água e café ralo temperado com açúcar mascavo. O de-comer que ela tinha podia ser trocado por mesa abonada de alimento farto. E ainda mais, podia morar numa casa com paredes de tijolo, cobertura de telha, janela com trinco e porta com fechadura. Pintura nova, móveis trabalhados por carapina, envernizados, cama com colchão e travesseiro enchidos com lã de carneiro. Tudo de bom gosto, como ela bem merecia, desde que correspondesse às visitas de Olívio em cada fim de semana ou quando quisesse.

Não esperava o desinteresse dela, aquela frieza, aquela distância. Calada ouviu a novidade que Aparício Pança-Farta trouxe a mando de Olívio. Mais calada ficou quando o homem, entre encabulado e sem jeito, permaneceu à espera que ela dissesse que aceitava a proposta enviada por Olívio.

Aparício Pança-Farta disse a contragosto que ela se mostrou aborrecida com a proposta, dando a entender que ele fosse embora dali, pela maneira como fixou os olhos para a porta da rua, saindo em seguida para os fundos do casebre e de lá não retornando.

Tamanha afronta desfeiteava o orgulho de Olívio, humilhando-o tal atitude de uma mulher pela primeira vez ali na vila. Qualquer mulher que ele quisesse tomar por sua conta ali na vila, se dava como privilegiada por ter sido escolhida para ser a cama e a mesa do filho do mandão das terras do Japará. Rufião fogoso, bom de pulo, monta e galope. Como um animal indomável saltava até cerca alta, podia se estrepar no arame, mas levava tudo pela frente, conseguindo no final penetrar o ferrão doido na boceta da fêmea que estivesse pronta para consumir o alvoroço do sexo.

Coração como Flor

A cama e a mesa da sua casa imaginava em partilhar com um homem após a bênção de Deus ser dada na igreja pelo padre. Um homem que lhe tocasse o coração com aquele sentimento que inquieta sem ser visto no íntimo. O amor assim nascido de repente e sigiloso chegava para aumentar cada vez mais. De primeiro tocado pelo bem-querer do outro coração, sem forçar nada.

Viu algumas moças casarem no sertão, a bênção de Deus dada por padre Antenor na igreja com cheiro de flores silvestres. Os ares do amor sob os cânticos divinos, derramados suavemente nos noivos.

Casamento e mortalha no céu se talham, uma vez ouviu a beata mais velha dizer para a mais nova quando saíam da igreja.

Preferia continuar lavando roupas, ensaboando, esfregando, estendendo-as para secar nas pedras e no varal. Ir levando a vida com o pouco de-comer.

E cantar a cantiga que aprendera com as outras meninas na escola mantida pelo padre Antenor nos fundos da igreja, lá no sertão agreste da caatinga.

Eu sou pobre de tudo,
Nada tenho neste mundo,
Eu só tenho a vida minha,
Eu vivo aqui sozinha.

Meu coração tem uma rosa
Que não para de sonhar
Com um príncipe belo e justo
Que a haverá de buscar.

A folha do lírio vira,
Eu também quero virar,
Enrolar é que eu não quero,
Tou a fim de me casar.

Gosto da Violência

Decidiu ir falar pessoalmente com Almira. Várias tentativas frustradas. Montado em Raio de Sol, o retorno com o peito ofegante, pensamentos querendo irromper para explodir no alvo sua carga de ódio. Ela não queria ouvir o que tantas vezes Olívio oferecia-lhe. Avistando-o próximo ao casebre, trancava portas e janela pondo a trava com pau de sapucaia. Se estivesse no rio lavando roupa, corria para se esconder entre as moitas de mato na ilha.

Cada vez mais ele apertava o cerco, ela a fugir assustada, desgostosa com a insistência de Olívio a oferecer-lhe casa montada com tudo novo, sem faltar a comida farta e boa. Brincos, anel, medalha e corrente de ouro. O destino podia reservar-lhe agora melhores coisas na selva hostil? Qualquer virgem na vila queria ter a sorte de Almira, não sabendo como agradecer ao destino a nova vida que Olívio oferecia. Ela não considerava nem um pouco a melhor paga que um homem podia dar a uma virgem para ter aquela fruta entre as pernas, pulsando no maior prazer da vida quando era provada.

Ele insistia, ela como uma poldra indomável a fugir nervosa. Ele imaginava olhadelas do povinho da vila a mangar pelas costas. Riso dos meninos quando passava montado em Raio de Sol à procura de Almira. Ele com o orgulho ofendido diante da indiferença dela, feroz ferindo-se nos sentimentos rejeitados. Danações tomavam conta dele, chocavam-se nos pensamentos baixos em suas camadas espessas de ódio, o sangue a correr nas veias como veneno.

Tudo ficou combinado com os cabras. Aquela situação humilhante para um homem de sua envergadura não podia mais continuar. Enfezado, mordendo os lábios, resolveu descer com os cabras até a vila. Chegaram e foram logo arrombando o casebre. Amarraram as mãos de Almira por trás da nuca. Ela se debateu em vão na tarimba. Gritou e chorou alto. Pediu socorro a Nossa Senhora. Os gritos perdidos nos ares da hora desalmada.

"Homem que é homem, burra, não leva desfeita de mulher pra casa!", gritou irascível Olívio.

Veias na danação incontrolável, peito subindo, descendo, ferrão em brasa entre as coxas. Enquanto durou a penetração assim na fúria, ela apenas sentiu com repulsa uma dor funda, profunda, daquelas espumas alucinadas.

Do lado de fora, calados, os rosto duros, os cabras montavam a guarda, as armas engatilhadas. A porta de entrada e a janela da frente do casebre trancadas.

Uns modos débeis de Olívio no gozo rápido como garanhão bom na monta, o riso da vitória a escorrer com um gosto de sangue na boca babada. Abriu a porta da entrada com o pontapé violento, estremeceu a parede, fazendo cair torrões de adobe. Ordenou aos cabras que montavam a guarda para que esquentassem o ferro no fogo feito com galhos e folhas secas entre dois tijolos. Pediu o ferro quente, que chiou na coxa. Grito terrível atravessou o silêncio da vila, enroscou-se num corpo, que se rasgou numa ferida inválida de súplicas.

"Com fogo de macho não se brinca, ferrada como merece", Olívio falou para os cabras no armazém de Aparício Pança-Farta. "Agora não precisa fugir de mim, nunca mais me esquece, para onde for leva na coxa meu ferro", disse com o sorriso aberto alumiando o dente de ouro.

Ninguém entrou no armazém de Aparício Pança-Farta enquanto lá permaneceram Olívio e os jagunços, bebendo cachaça, conversando animados no jogo de cartas.

Soltaram gargalhadas.

Saíram à tardinha. Atravessaram a Vila do Pati com os cavalos em disparada, dando tiros nas portas e janelas. Bocas agitadas. Davam gritos, esbravejavam e xingavam. Rostos com o desejo de cavalgar pelos pastos do demônio.

Mulheres e velhos aproximaram-se da tarimba onde Almira gemia e chorava. Desamarraram suas mãos, não sabiam como ela não tinha desmaiado, de tão grandes as dores causadas pela violência dos atos cometidos por Olívio.

Vô Isidro bafejou com a fumaça do cachimbo a carne queimada na coxa de Almirinha. Rezou aquela parte com galho de alecrim, invocou Omulu. Entrou em transe, logo ficou possuído pelo orixá, que desceu para com seus poderes aliviar as dores de Almirinha.

"Fica comigo, não será mais judiada", voz condoída do vaqueiro Genaro, junto da tarimba.

Terceira Parte

Choro de Edivina

Edivina reprovou a judiação que o filho fez com Almira.

Olívio escutou a mãe dizer-lhe:

"Quando a mulher não quer o homem, não adianta insistir, melhor esquecer."

Com os olhos úmidos:

"Cedo ou tarde o homem sempre acha outra mulher."

As palavras sem querer sair:

"Se apossar da indefesa, marcar a carne dela com ferro em brasa como se a coitada fosse uma rês."

Voz trêmula:

"Aquilo não doeu em você?"

Chorou pela primeira vez diante dos filhos. Teve uma crise de nervos. Tinha visto tanta coisa braba acontecer nas terras do Japará. Uma onça comia o bezerrinho para sobreviver. A vaca nada podia fazer. A cobra quando picava era para se defender.

Tanta dureza de seres e coisas acontecia naqueles ermos verdes sem fim.

Nunca se abalou com nada que a natureza criava como se fosse ruim, com tudo aquilo que os olhos viam à primeira vista cruel, mas que ninguém podia desfazer.

Era a lei da natureza na qual uns morriam para que outros vivessem. A presa tinha que ser bem astuta e correr, se ela não quisesse morrer. Quase sempre na corrida o mais forte vencia.

Não saiu do quarto o resto do dia. Quando apareceu na

sala à noite, não olhou para Olívio, não falou uma palavra, não escutava o que ele dizia.

Vulcano Brás disse que o assunto estava encerrado, aconteceu o que aconteceu porque tinha que acontecer. Ninguém tinha visto nada. O homem desde o início sempre foi igual à fera nas terras do Japará, às vezes pior do que fera. Tinha que ser forte para não ser dominado e sofrer. Tinha que matar para não morrer. Era a lei da selva que vicejava naquelas léguas sem fim. Nada disso ia mudar enquanto a terra continuasse com seus modos brutos, a neblina inclemente, o vento de amanhecer áspero, esturro de onça na mata fazendo tudo estremecer.

Irmãos de Útero

Eram dois irmãos nascidos do mesmo pai e da mesma mãe. Olívio nasceu primeiro, Olindo veio quando o irmão mais velho tinha mais de ano. Olívio parecia com o pai nos olhos azuis, na pele com a cor de leite, nos cabelos lisos e louros. Era alto e forte. Rosto nervoso, às vezes severo, tinha voz impositiva e definida. Olindo parecia com a mãe nos olhos pretos, na pele morena e voz mansa. Era pequeno e magro. Olhos displicentes dele viam a vida com prazer quando escutava o sabiá cantando na laranjeira.

Descobria jardins na manhã com os passarinhos cantando na alegria de viver. Judiação era aquela que Olívio fazia mantendo cada passarinho preso na gaiola. Os bichinhos nasceram para voar, cantar, bicar as frutas nos dias luminosos. Sem a intromissão da mão que optou por domínio e prisão deles, cravando-se implacável em criaturinhas indefesas.

Olívio criava os passarinhos no viveiro grande construído ao lado da casa de ferramentas. Nas gaiolas ficavam os que já tinham o canto afinado. Ele se sentia como o senhor dos ares quando escutava o sabiá no canto prisioneiro, a melodia como que tocada somente para ele escutar. Trinados não alcançavam aquela luz irradiada pelos ares verdes e azuis, apenas no intervalo submisso dentro da prisão, fora do infinito.

Aprendera o hábito de trazer tais músicos da natureza como riqueza só dele. O seu retrato dessa forma era modulado como o do pai, projetado na imagem feita de substância dominante, dentro dele em atitude do tempo opressivo coincidente sobre cantos submissos e penas coloridas.

Deixava horas na aflição o passarinho que acabava de cair no alçapão, querendo assim atormentar Olindo, um abestado que vivia fora da vida, um idiota que andava nas nuvens. O suplício do passarinho dava-lhe prazer, alimentava o íntimo, ao ver asas que se debatiam sob o desespero do voo inútil, indo sem cessar de encontro às paredes do alçapão.

Triste, Olindo nada podia fazer para acabar com a judiação.

Cantasse o passarinho para um peito vigoroso, acostumado a sorver, aos poucos, notas duma música solta para o nada porque não tinha correspondência e expansão através do espaço formado do nascente ao poente. Ele sabia cada vez mais que cada canto começava e terminava prisioneiro em si mesmo.

Era o desencanto para Olindo aquele viver de passarinho confinado nas manhãs e tardes de uma gaiola, sem se esgarçar com as nuvens e cores que alagavam o céu.

Olindo gostava de andar pela chácara vendo as frutas apertadas no pé de mamão, carambola e goiaba apencadas nos galhos, jacas e abacates adubando o chão, ele a atravessar o dia disseminado de odores. Como se fosse borboleta ou passarinho, vestido dos sabores do eterno criando na boca flores perfumadas e frutos saborosos.

Na paisagem a fazer o coração puro o alarido de bicos furando os frutos maduros, dava para ver nos olhos serenos que se sentia assim também um pedaço daquele chão, um pouco daquelas cores com música divina pelos ares. Ele pulsava numa rústica calidez, que não era sentimental, nem doentia, vinha simplesmente da chuva generosa, dos campos em flor, dos ventos bem-vindos em sua passagem rica.

Pelas trilhas da mata, lá onde as árvores respiravam, também gostava de andar e às vezes permanecer horas numa clareira, que só ele conhecia. Imitava qualquer canto de pássaro. A natureza ao redor ficava em silêncio quando tocava a flauta de bambu. A música com as suas notas de amor respingava na clareira, como a chamar os espíritos do bem para ver de tal modo os encantos do mundo na selva indômita.

Pela primeira vez foi à cidade distante, a viagem aconteceu naquele janeiro com pancadas de chuva na semana. Rosto de espanto diante da inauguração do pequeno aeroporto no domingo azul. Gente como formiga no burburinho da inauguração do aeroporto. Viu então aquele homem estranho. Tinha no peito o motor, asas nos braços, hélice no rosto como girassol. E nas nuvens o pássaro. Um pássaro grande que reverberava no espelho da manhã sob o sol quente. Asas amarelas, serenas, entre as nuvens gordas, aparecendo, desaparecendo, dando cada susto no povo cá embaixo. Parecia que tocava, nas aparições por entre as nuvens, pedaços do azul do céu.

De retorno à clareira da selva pela manhã, pegou a flauta de bambu, começou a tirar sons mágicos numa melodia doce. A música que tocava dava no peito sensação de voo sereno, talvez igualmente aquele que viu o homem no avião fazer na cidade. Com asas nos braços, hélice no rosto de girassol e nas nuvens o mesmo pássaro. Lá se ia também Olindo no voo alto por entre nuvens do céu claro. Ganhavam as nuvens asas amarelas e grandes. Sobrevoaram serras, o vale, o rio, as pastagens, a vila, em busca do sol.

Um dia aproveitou-se da ausência do irmão, que havia ido à vila levar uma ordem do pai para Aparício Pança-Farta. Soltou os passarinhos de Olívio. Ao chegar da chácara, onde foi colher frutas maduras, a mãe espantou-se com alguns passarinhos saltitando no alpendre. Não conseguiam voar, não tinham suficiente ímpeto nas asas, acostumados há tanto tempo com o espaço estagnado da gaiola. Horas depois vários deles foram como setas ligeiras pelo céu, em busca do verde que em qualquer lado brotava e se expandia até onde as vistas alcançam nas léguas do Japará..

"Se soltar meus passarinhos de novo, te mato com um tiro no peito!", disse Olívio com os olhos sanguíneos, raiva soprada nas narinas feito fogo, sangue a arder nas veias grossas do pescoço.

Olívio precisava daqueles cantores aprisionados, que entretinham anseios, alimentavam pensamentos, acolhiam sentimentos. Dispersavam o ódio que tinha de tudo a vibrar diante dele com o som sólido tirado por umas botas de cano longo. Nos passos pesados de Vulcano Brás.

As botas sempre o impressionaram como pontos de exclamações absolutas do pai, amedrontavam ao bater dos saltos ou quando tiravam sons fundos no assoalho.

Anseios e Audácias

Costumava dormir cedo, depois que o sol descambava na Serra do Viradouro. Acordava com a luz do sol pela telha-vã coando a madrugada no quarto. Mostrava-se alheio no dia aos movimentos e sons da casa-sede. Nada lhe dizia a maneira de ser impetuosa do pai, que não gostava do jeito estranho do filho, arredio e calado. Olindo ficava inteiramente desligado do mundo quando o assunto era terra. O pai falava preocupado com as linhas divisórias de cada fazenda, a produção das safras a cada ano, o criatório de gado que aumentava, necessitando sempre de mais pastagens para recria dos bezerros e engorda dos bois, o aproveitamento da madeira de lei com a derrubada de mais um pedaço grande da mata. Nada disso, que pulsava intenso no pai, despertava em Olindo qualquer interesse.

Habitado de sonhos num território temperado com a abundância das estações estáveis. Achava que a lavra justa é dada de graça, a natureza como mãe, não madrasta, tomando de muitos, enriquecendo o pai. A natureza dava rações fartas para todos, bastando que cada um tomasse para si o necessário que ela produzia debaixo de sol e chuva. A vida livre nascia de fonte perfeita. A substância que alimentava a vida, que a natureza fornecia sem receber nada de volta, não devia embeber-se da cobiça, que só fazia envenenar a alma, pulsar com uma fome sem igual por qualquer pedaço de terra, como sempre acontecia com o pai. As mãos dele viciadas subtraíam, matavam, não deixavam a vida livre para os outros. Os pobres, coitados, iam levando a vida com as horas que se estendiam pelos golpes de machado na mata, a terra molhada de suor por mãos calosas.

Via o pai ávido por vastidões de terra e ar, galope a querer ultrapassar as fronteiras do horizonte, enquanto os outros iam ficando para trás, caindo nos seus domínios com o sangue inocente das horas, sob os instantes inalteráveis de sol e chuva.

Vulcano Brás gostava de contar aos filhos como havia sido o seu galope de amanhecer pelas terras do Japará:

"Eu prendi o saci num toco, matei o lobisomem com tiro, dormi na cama da caipora. Montei no boitatá com sela macia, arreios vistosos, cavalguei assustando a bicharada e os pássaros da mata. Desci nestes sem fim do Japará nas ancas da aurora, vi lá na selva onde o sol não penetra que o dia e a noite são a mesma coisa. Comi a bosta que o diabo cagou e, ao entrar na mata escura, carreguei os espectros da morte nas costas. O acordar do mundo eu vi à sombra das árvores de grande porte. Tudo isso enfrentei pra me tornar um dia senhor de chão e margens. E mais horror houvesse na selva hostil e impenetrável, que prontamente enfrentaria, sem temer os golpes repentinos e ciladas abundantes".

Sabia que o vento impunha no peito do pai os ares da disputa, danações e ganhos nas horas mais críticas. As conquistas impressas de nódoas, o pai nunca quis repartir com os outros as estações frutíferas em torno das rumas. Como doía ver o sol pertencer somente ao pai. Os outros que se danassem embaraçados nos cipós, levassem a vida picados de inseto, voltassem do trabalho mordidos de cobra: apenas Vulcano Brás gozava o prazer de ser o único dono do orvalho.

Tinha o mais belo sorriso quando os campos em flor chegavam com a chuva. Gostava de escutar os passarinhos que cantavam pelos galhos na manhã de festa animada. Alguns deles chegavam a pousar nos seus ombros quando ele andava pela chácara ou nas trilhas da mata. Molhado de encanto o peito com aqueles bicos sonoros. Cativavam pelos ouvidos, suavizavam feridas por vastidões desoladas, silêncios que tanto prezava empurrando-o para os olhos do pai e do irmão como um ser desnaturado, bicho estranho que gostava de conviver com a solidão, o rosto para as nuvens.

Sempre pareceu ao pai como um medroso, que não sabia segurar uma arma, apertar o gatilho, atirar certeiro, o alvo estivesse a dois metros do nariz. Eram hábitos difíceis esses, teria de aprender cedo para saber lidar com um mundo bárbaro, que os olhos nunca chegaram a compreender.

Já moço feito, ficava sabendo a cada dia que seus sentimentos puros teriam dificuldade em caminhar livres por certas vastidões, tão íntimas dele. Um dia ele ia comandar numa parte as terras do pai no Japará. Assim contra sua vontade determinaria o rito de passagem dos anos, os dias de muitos subjugados por um só dono, como havia acontecido com o pai e aquela gente, que trabalhava e malmente tinha o de-comer para enganar a fome na semana.

Quarta Parte

Aceno das Lonjuras

A casa-sede da fazenda Boa Vista avarandada nas quatro águas. Paredes de tijolo, portas e janelas de madeira pesada. Fechadura reforçada, as travas de ferro, trinco com lingueta grossa. Ele mandou fazer buracos em pontos estratégicos de cada parede para que por eles fossem metidos o cano das armas na direção do inimigo quando houvesse um ataque. Peças de pau d'arco na armação do telhado, ripas de pau d'alho, resistia ao tempo, cupim não roia, bem fornidas as telhas na cobertura, para aparar a chuva e evitar goteiras. Muitos cômodos, quartos grandes. A caiação nova brilha de longe quando a luz do sol resvala nas paredes. Duas avenidas de casinhas abrigam os roceiros e cabras. Mandou construí-las perto da casa-sede, quase ao lado.

Edivina, os dois filhos, roceiros e cabras velam o corpo de Vulcano Brás. Barbudos, cabelos grandes, os cabras vestidos com as capas de lã grossa, às vezes estas servem para forrar o chão onde descansam em viageiro longo. Alguns deles esfregam as mãos com o frio da noite. A garrafa de cachaça passa de mão em mão no alpendre. Bebem para esquentar o peito e suportar o silêncio que circula no velório, cortado de quando em vez lá fora por ventos e chuva grossa. A escuridão que cai do céu apaga as estrelas e se alastra com sombras imensas sobre as terras do japará. De tão densa a noite escura mete medo até aos bichos, que ficam escondidos em suas tocas na mata.

Há uma sensação de abismo quando os raios rasgam a cortina compacta de camadas escuras.

A mulher pequena, cabeça enterrada nos ombros, acaba de murmurar rezas pelos dedos com o terço. Rezas escorridas em sentimento concentrado de tristeza, marcando no rosto expressão de dor misturada com saudade. Havia escutado ele gemer muito nos últimos dois dias, gritar alto. Os olhos assustaram-se com os olhos de assombro dele como se estivesse vendo coisas, lutando com sombras tenebrosas.

Edivina custa a aceitar a ideia de que o morto ali na sala com velas acesas à sua cabeceira seja Vulcano Brás. O homem que cheio de força e ímpeto tocou com ela no início uma roça de milho e feijão para o gasto, entremeada com verdura e melancia. Desde cedo aprendeu que o melhor para a terra era a cinza da madeira. Derrubava as árvores grandes com os golpes firmes do machado. Roçava o pedaço de chão com mato grosso. Ajuntava as coivaras e, no final de outubro, queimava a terra, que sob a conivência do mormaço crepitava em labaredas.

Ele esperava que as chuvas de novembro caíssem para que o capim nativo brotasse verdoso, alegre, com força, forrando a terra em pouco tempo, cobrindo os tocos. Nem sempre as chuvas vinham no tempo marcado pela lua, os pastos não se formavam, cobriam-se de mato brabo. Quando despencavam do céu preto as chuvas, fora do tempo costumeiro, ensopavam a terra preta, estragavam as roças de cereal.

Custava a aceitar a ideia de que o morto ali na sala diante dela e dos filhos era o homem que havia jogado sementes com ela no chão da esperança, a brotar como o mato em todo lugar. Acumularam esforço nos dedos entrelaçados, vieram tocando as agruras agrárias sem se queixarem de nada. Ele pegava em espinho, ela com as mãos no toco.

Ele matava cobra, ela com as mãos no fogo. Ele cercava os pastos porque acreditava no sonho que teve um dia a prenunciar que o ouro ia chegar pelos cascos naquelas bandas.

E esse dia não vai demorar a chegar, ele repetia, com os olhos azuis que brilhavam crescidos. Deixava ver nos olhos cintilantes que a vida estava reservando para ele boas surpresas nas terras do Japará. Ao abandonar a caatinga, em busca de terras férteis havia acertado, colocara os passos numa estrada promissora, provida de bondade, que ia destinar-lhe um bocado de ganhos e sobras em demasia.

A Terra na Trama

Um dia Edivina encontrou Vulcano Brás com a mão no queixo.

Ele estava muito pensativo no alpendre. Olhava para as duas serras lá no alto, sem mexer os olhos.

"O que é, Vulcano?"

"A terra, Edivina, atraindo."

"Sossegue, homem."

"Não consigo."

"Deixe isso pra lá."

"Como?"

"Deixe de pensar."

"É como um bicho dentro. Não me deixa."

Primeiro Sonho Visionário de Vulcano Brás

Luz de candeeiro oscilando. Sombras nas paredes, irrequietas. Reses disformes desenhadas. Cascos, chifres, ancas, tetas. Berrante, aboio. Escuridão da noite por todos os cantos. O andar pesado pelo terreiro. Voo obscuro de asas assustadas, chiando. Vulto de homem sentado no tronco. A derrubada das árvores grandes, a clareira pro roçado. A terra na queimada. Vastidão da noite, ventos fortes, aguaceiro, relâmpagos. A terra ensopada, veias intumescidas. O capim alegre, viçoso. O ouro pelos cascos chegando. Primeiras vacas, o marruá, bezerros. Boiecos, boiada, boiadas. Mar de capim. Homem avermelhado no cavalo, bom de viageiro, bom na condução do gado. A capa grossa, chapelão, rebanhos guiando, anotando tudo. As crias todos os dias, em qualquer canto. Não cabendo no olhar, os rebanhos grandes. Mãos supremas, rebenque, sela, espora. Sem igual no laço, o homem. No curral enorme, coberto de telha, divisões várias. Madeira de lei os esteios, mourões, cancelas, cercas. Pastos imensos, verde de não mais acabar. Boiadas, mais boiadas. O ouro pelos cascos espalhando-se.

Rumos

Em silêncio diante do cadáver do marido. Lembra a vida dura que enfrentara com ele nas terras do Japará. Os dias perigosos, solitários, grandes. Vulcano Brás sempre teve vontade de deixar a caatinga em busca da terra boa. Soube das notícias sobre as terras férteis do Japará, trazidas pelos que voltavam daqueles longes para buscar os parentes na caatinga.

O percurso que fizeram para chegar ao coração escuro do Japará foi o mesmo que muitos já tinham empreendido, no intuito de alcançarem uma terra generosa, que dava frutos positivos no esforço dos dias. Alguns que vieram na frente não lograram êxito, deixando aflitos os que ficaram rezando e em vão esperaram. Não foram poucos os que choraram e arfaram sob a sensação amarga da espera. Muitas moças deixaram de casar, mulheres ficaram viúvas sem saber o que tinha acontecido com o marido longe.

Homens, mulheres, velhos, meninos. Retiravam-se aos grupos, famintos, sedentos. Deixavam uma terra febrenta, habitada de pesares, em busca das léguas da promissão no Japará. Fugiam da seca ou da guerra santa numa zona de misérias.

Vulcano Brás tocava o burro pela terra deserta. Rachadura, mandacaru, árvores tortas. A natureza sem qualquer sinal de alento para os que teimavam em viver por entre pedras dum chão agreste. Ela aprendeu poucas letras no sertão de lá, uns números bestas para somar, diminuir, multiplicar, dividir. A professora vinha da Vila dos Cachorros, situada distante umas quatro léguas onde ficava a escola. Viajava numa carroça puxada por uma mula velha a caminhar sem vontade na terra seca. Dormia e cozinhava na escola, o fogão fumacento a lenha. Cada aluno ia buscar a água numa fonte atrás do quintal com uma roça de mandioca abandonada.

Tiveram que dormir na rede armada embaixo do arvoredo. As estrelas piscavam nos olhos antes de cada um pegar no sono. Quase uma semana tocou o burro com a muda, os passos firmes pela terra em silêncio. De légua em légua, foram dar em Cajueiro da Foz, ponto de embarque para atravessar o mar rumo à cidade de Porto Verde.

Chegaram a Porto Verde no navio-gaiola, que cruzou um mar calmo durante a viagem monótona. Vulcano Brás estava ansioso para que a viagem terminasse, tanto queria pisar na terra firme de Porto Verde, porta de entrada para a floresta com seus encantos e assombrações, bichos e pavores, árvores grandes que se estendiam da franja da praia até as terras afamadas do Japará.

O café na caneca servido com bolacha, o almoço com um feijão ralo no caldo, pedaço de carne-seca, porção de farinha. Muitas pessoas nem isso comiam, não tinham dinheiro para pagar e refeição. Enganavam a fome com rapadura durante a viagem enfadonha pelo mar, dando enjoo e tontura com o balanço das ondas.

Rolavam nas ondas conversas tristes, lamentos, saudades. Apreensões, sonhos, esperanças.

No desembarque em Porto Verde houve animação misturada com risos. Pisava-se, enfim, num chão bom, como todos imaginavam. Muitos pensavam que iam ficar naquelas bandas livres das aflições que aconteciam todos os dias na terra da caatinga.

O que estava esperando por eles lá na frente? Ela se perguntava no mesmo dia que desembarcou com Vulcano Brás no porto pequeno de Porto Verde.

A canoa foi se afastando de Porto Verde num claro dia. Quanto mais subia o rio Japu, os dois viam verdura nas margens, o sol flechando as águas, o céu azul com nuvens brancas que transitavam rumo às serras. Fizeram pouso na Vila do Bugre onde pernoitaram e, cedo, seguiram no outro dia rumo às terras do Japará.

À margem do caminho estreito viram agora palmas, flores silvestres, árvores com cipó grosso, troncos linheiros, grandes. Nos galhos pássaros de matizes variados, cantos alegres, alguns tirando uns sons estranhos, outros até certo ponto divinos.

Vulcano Brás moço, o buço ruivo riscava o lábio, o coração pronto para enfrentar a vida com suas ciladas e espantos. Pelo entardecer chegaram à Vila do Macuxi, cansados, famintos, tinham caminhado umas vinte léguas na estrada estreita, apertada por árvores grandes em muitos trechos.

O dono do barracão que abrigava os forasteiros mostrou o rosto de pavor quando Vulcano Brás perguntou-lhe se a Serra das Sete Onças ficava muito longe. A umas trinta léguas distantes da vila, respondeu, caminhando pela mata fechada, arriscando-se a se perder e nunca chegar ao coração trevoso das terras do Japará. As terras lá são habitadas por índios ferozes, só se ouve de dia a gritaria dos macacos pelos galhos, de noite esturro de onça fazendo tudo ao redor ficar calado.

O homem falava com uma voz rouca, era magro e puxava de uma perna. Dava de graça o barracão para o forasteiro dormir, em troca recebia a paga pela refeição feita em sua pensão, uma casa de duas águas com paredes e assoalho de tábuas, cobertura de telha. Tinha uma cicatriz feia no braço. "Isso aqui foi por causa de uma flecha envenenada que um índio me atirou quando estava caçando na mata", informou. "Vou morar na selva", disse Vulcano Brás, pretendo derrubar umas árvores na Serra das Sete Onças e construir lá uma casa. "Vou plantar roça de cereal, manter criatório com bicho de terreiro, que Edivina irá cuidar. Onça se acaba com tiro, os índios não me metem medo, só saber lidar com eles, agradar com fumo, aguardente, fósforo, fita, espelho e outras besteiras. Como certa vez me disse meu avô Brasilino, eles ficam logo amigos."

Poucos antes do levante do sol, ele indagou:

"Edivina, flor do agreste, está mesmo decidida a ir morar comigo nas terras do Japará?"

"Só se for agora, minha mãe Justina me pariu no tempo, teve as dores embaixo do umbuzeiro quando foi apanhar água na fonte."

A Vila do Macuxi margeava o rio Joá. Havia uma vereda que dava entrada para a mata por trás daquele amontoado de casebres com parede de taipa, cobertos de palha. O dono da vendola na entrada da vila, onde Vulcano Brás comprou os mantimentos de viagem para a Serra das Sete Onças, informou que o lugarejo tinha o chão lamacento porque estava sempre lavado por grossas e ruidosas trovoadas.

O rio passava cheio com as chuvas grossas do inverno. Engolia os casebres na baixada. As chuvas traziam um inseto cuja picada era a morte certa, o doente botava sangue pelo nariz, tinha febre e delírio que não passava. O chão lamacento dificultava o movimento de animais montados por homens cabeludos, com a cabeça enterrada no chapéu grande, lenço encarnado no pescoço, capa grossa de lã, a repetição na sela. Andavam de lugarzinho em lugarzinho, dormiam no mato, assaltavam os que transitavam nas picadas, com apetrechos, mantimentos e bugigangas em lombo de burro quando então vinham vender a mercadoria na feirinha da vila aos sábados.

Ali mesmo na Vila do Macuxi Vulcano Brás comprou quatro hectares de terra virgem ao dono da vendola. Nesga de mata que ficava na Serra das Sete Onças. Gente que chegava à Vila do Macuxi, em busca de um pedaço de terra boa, nunca quis se aventurar pelas bandas da Serra das Sete Onças.

O vendeiro, homem baixo e gordo, bigodão torcido nas pontas, adiantou que na Serra das Sete Onças só quem andava era o caçador Guinó, um negro forte que fugiu da senzala no Engenho do Adami, lá pras imediações de Porto Verde.

A compra do pedaço de mata custou quase nada, uma paga que não dava para comprar uma caixa de charutos, uma garrafa de cachaça, um punhado de farinha, uma corda de fumo, sal e rapadura. O recibo de pagamento da compra dos quatro hectares de mata na Serra das Sete Onças foi dado pelo vendeiro numa folha de papel de embrulho. Que valia tinha um recibo passado em folha de papel de embrulho e além do mais os quatro hectares de mata comprados por Vulcano Brás ficavam tão longe e em lugar perigoso? Tanto fazia o recibo passado daquele jeito como não fazia, pensou Edivina.

Ninguém iria acreditar que ele havia comprado uma nesga de terra na Serra das Sete Onças.

Matou as sete onças com tiro de repetição. Justamente em sete dias, em cada dia uma. Elas moravam nos buracos escuros das pedras grandes na serra. Quando eles chegaram e dormiram no mato, as sete onças rodaram a fogueira a noite toda. Cada esturro que uma dava estremecia o escurão da mata, cada miado demorado na goela rouca parecia que abria buracos na terra.

Não esperou lavar o rosto pela manhã. Passos de pedra em pedra, paciente no caminho empedrado sobre a terra. Cauteloso, concentrado, até que a bichona botasse a cabeça de fora, dando o ponto para o tiro certeiro. Vulcano Brás não errara um, bem na cabeça da gatona, que rolava na pedreira e, na queda, mostrava a linguona vermelha. Edivina ficava atrás dele, o dedo no gatilho da repetição, a arma pronta para ser acionada, caso ele errasse o tiro.

A última foi a que deu mais trabalho. Entrava numa caverna, saía em outra, aparecia adiante, desaparecia. Surgia em cima da pedra mais alta onde demorava pouco. Vinha por trás apalpando o mato na sua mansidão disfarçada, querendo pegar Vulcano Brás pelas costas. Aquele jogo que agoniava e já cansava foi até pela tardinha quando o tiro ecoou pela mata. A bichona rolou também com o tiro que pegou na cabeça, caindo da pedreira junto aos pés de Edivina como as outras, com aquela careta pavorosa.

A mata no sono de bicho pesado. Quanto tempo aquele sono inchado vinha pesando em torno dos anos? A serra ia ser conhecida dali em diante por outro nome. "Vai ser chamada de Serra do Viradouro", disse Vulcano Brás, " aqui um homem, forte e destemido, matou sete onças em sete dias, virou a morte de cabeça pra baixo e botou a da caveira pra fugir da serra onde amamentava as gatonas com as tetas da noite. Um homem que daqui pra frente vai saber o que é a vida com a sua brabeza e o que é mesmo a morte com todos os seus disfarces no desconhecido destes confins."

Edivina teve medo do que acabava de ouvir. Não chegou a compreender o que Vulcano Brás dissera. Mãe Justina disse-lhe certa vez que neste mundo qualquer um vem sem saber das coisas e morre sem saber de nada. E a morte nunca disse para ninguém o que ela é.

Com o Caçador Guinó

Podia andar dias na mata turva, por entre as árvores grandes, sem ver o céu, apertava as vistas para encontrar os pedacinhos do azul pela greta dos galhos altos. Conhecia as árvores pela casca e folhas. Os pássaros pelos pios e cantos. Os bichos pelos ruídos e odores. As flores pelos cheiros e cores.

Semanas depois de Vulcano Brás matar a última onça, apareceu no terreiro, espingarda e bornal a tiracolo, acompanhado de dois cães espertos, que rodearam e cheiraram a tapera em vários cantos. O colar com dentes de caititu no pescoço. Facão no cinturão de couro de veado. Os olhos fitos nos olhos de Vulcano Brás. Parecia cauteloso ao fixar os olhos em Vulcano Brás, como se quisesse encontrar alguma coisa perigosa escondida nele, sem saber o que era. Ficou pensativo algum tempo a coçar a barbicha, olhava os couros de onça estirados com varetas e pendurados no varal.

Vulcano Brás perguntou onde ele morava, respondeu que era numa caverna longe dali, perto de um riacho que tinha uma cachoeira. Tinha plantado lá uma roça de milho e feijão. Vivia de caçar para comer o necessário, fazia o mesmo quando pescava. Matava o macho de cada caça, de preferência quando estava velho. Conhecia a idade do bicho pelo fôlego, ao ser perseguido na caçada. Bicho novo corre muito, o velho se entrega logo. Quando uma fêmea ou filhote caía no laço, soltava.

Olhou mais uma vez para os couros das onças no varal.

Falou que a onça não metia medo naquelas matas, nem o gavião grande, nem a cobra. O que metia medo era um bicho que andava em duas pernas aqui em cima, era o mais perigoso.

"Onde um só manda, os demais não andam, vivem presos numa canga", disse para ele mesmo o caçador Guinó.

Bebeu água na cabaça, saiu em seguida com os cachorros latindo agoniados.

Durante o tempo em que ficou no terreiro, Vulcano Brás não largou a repetição. Desde aquele dia acostumou-se a dormir com a repetição debaixo da esteira.

Com os Índios

"Está vendo alguma coisa aí?", Vulcano Brás perguntou.

Vulcano Brás e Edivina percebiam que eles estavam próximos em razão dos pios com que se comunicavam à distância.

Escondiam-se por trás das árvores, de lá observavam os movimentos do homem e da mulher.

Vulcano Brás cantava:

Se ficar o bicho come,
Se correr não vai dar pé,
Eu me chamo Vulcano Brás
Pro que der e vier.

De primeiro eles atiravam flechas, que caíam no terreiro. Sinal visível de que não aprovavam a presença de estranhos em suas terras. Não foi difícil conseguir a amizade. Foram deixados presentes nas trilhas da mata, junto das árvores: espelho, fita, pente, colar, perfume.

Apareceram no dia em que Vulcano Brás pegou o pífano de taboca, que havia sido dado a ele pelo avô paterno. Desde cedo aprendera com o avô paterno a tocar o pífano de taboca.

Apreciaram a música que saía do pífano de taboca como por encanto. Vieram ouvir de perto. Tinham enfeite nas pernas com penas de arara. O corpo pintado de vermelho. Não faziam caso de cobrir nem mostrar suas vergonhas.

Um deles trazia o beiço de baixo furado e metido por ele um osso branco. Os cabelos finos e escorridos. Olhos rasgados. Um cocar de penas de tucano na cabeça. Parecia que era o cacique. Vulcano Brás ofereceu fumo de corda. Ensinou como fazer cigarro de palha. O fumo picado com a faquinha na mão, enrolado na palha e fechado com cuspe. Fumaram, beberam, falaram por sinais, sorrindo de vez em quando. Só paravam de beber cachaça para escutar a música no pífano de taboca.

Traziam a caça abatida, cotia, mutum, macuco. A caça deixada às escondidas, junto à porta, com a própria flecha que era abatida. Dois deles aprenderam a manejar a enxada, o facão e o machado. Ajudaram a Vulcano Brás fazer uma roça de mandioca, com as mudas que eles mesmos trouxeram.

Idos Tateantes

No primeiro ano viveram da caça. Metiam-se como qualquer caçador nas trilhas da mata pela Serra do Viradouro. Pescavam no ribeirão de águas escuras. Comiam os frutos do mato.

O machado nas mãos rudes de Vulcano Brás como uma coisa leve. Os golpes fortes ecoavam na mata, cortes repetidos no rigor das mãos. Com o machado aprendia lições como lume aceso na razão, sustos com as coisas que descobria como elo das estações. Houve dores no rumo imutável do tempo que não socorria. Trancava as dores no peito, assumia clamores uma fera sonora, que dentro dele crescia no desamor da mata.

O sol trancado na copa das árvores grandes. Os dias havidos com suor e lâmina. Ele derrubava as árvores, cabelo e barba cresciam, os dias passavam e engrossavam as mãos calosas. Árvores enormes tombavam no estrondo para a morte. Cedro, jacarandá, vinhático, pequi, virote, putumuju, ipê, madeiras de lei, ou árvores de madeira fraca para resistir ao tempo, sem maior serventia: mozê, cobi, barriga d'água, gameleira. Não serviam nem para estaca, o chão logo comia ou o cupim. A mata ia sendo raleada aos poucos, a cabeça da serra despelada aqui e ali. A altivez da mata pendia na lágrima a escorrer do corte. Na queima para o roçado, calculava o pedaço de terra necessário para plantar milho e feijão, às vezes já pensando no pasto para o animal de serviço. Confiava que o capim nativo brotasse no verdume repentino com as chuvas grossas, os primeiros pastos se fazendo no curso de alguns meses.

O vento levava a semente de capim pelas encostas da Serra do Viradouro, não demorava em se alastrar pelas baixadas, entre a capoeira grossa e o mato ralo. Uns cinco anos mais tarde seus olhos percebiam a mudança em movimentos e cores, verdes da terra e azuis do céu. "Onde o capim alastra-se, chegam o homem, o cavalo e o gado. O homem com o laço, a sela e o ferrão." E vieram as vacas, os bois, os bezerros. As primeiras boiadinhas. O aboio e o berrante. O gado como uma coisa inevitável respondia aos apelos do capim a ondular nos pastos.

O curral foi construído numa assentada pouco acima do pé da serra. Foram feitas três divisões sem cobertura, formando o pátio, lá fora. O gado criado na solta vinha dormir no curral quando o berrante chamava pelo entardecer. O primeiro vaqueiro foi o preto Calu. Veio do sertão dos Gerais, já idoso, a cabeça branca, braços roliços, ainda forte apesar da idade avançada. Conhecia bem o ofício de lidar com o gado e a melhor madeira de lei para fazer um curral duradouro. Manejava o machado com facilidade no serviço de aperfeiçoar a madeira maciça. Esteios, moirões, peças de longarina, tudo tirado por suas mãos simples com o machado. Faziam com que a face da madeira se tornasse lisa.

Preto Calu e Vulcano Brás cavaram os buracos, fincaram os moirões e os esteios, cobriram o curral numa parte com folhas de pati sobre as ripas. Depois assentaram o tronco, as porteiras com paus roliços, utilizados com travessas metidas pelos buracos dos dois moirões, distante um do outro uns quatro metros.

Transcorridos dez anos, Vulcano Brás voltou à Vila do

Macuxi pela primeira vez. Olívio tinha nove anos de idade e Olindo, oito. Olívio nasceu numa noite de chuva grossa com ventos fortes e relâmpagos. Edivina teve as dores demoradas, sangrou muito, chorou alto, gemia. Olindo nasceu numa noite de lua clara a derramar prata no terreiro. A natureza soltava o cheiro das flores no jasmineiro ao redor da tapera. Ela quase não sentiu as dores. Olívio e Olindo foram aparados pelas mãos grandes de Vulcano Brás. Olívio demorou de dar o primeiro vagido. O corpinho todo roxo. Edivina num esforço extremo conseguiu falar, mandando que Vulcano Brás soprasse pela boca a criança. Aí os pulmões do menino tomaram ar e soltaram um vagido forte, que chegou a estremecer as paredes de adobe no quarto. Olívio quando deu o primeiro vagido irradiou alegria em todos os cantos da tapera, deu uma sensação em Edivina que ela não sabia explicar. Os passarinhos no outro dia cantaram muito nas árvores do quintal.

Olívio gostava de brincar de vaquejada, os bois eram imaginados em pequenos pedaços de madeira seca. O burro preto chamava-se Carvão, um besouro cascudo montava nele, era o vaqueiro, com dois ferrões na cabeça. Brincava no terreiro e, quando cansava, queimava o gado feito de graveto, o besouro e o burro Carvão. Tinha uma crise de nervos, chorava e inventava que Olindo havia queimado seu vaqueiro, o burro e boizinhos, sem mais nem menos. Desde jovem sempre foi vigoroso, possuía vozes misteriosas que falavam dentro dele com raiva, no auge da crise.

Olindo aprendeu a tocar rapidamente o pífano de taboca. Imitava o canto dos pássaros. Tirava do pífano de taboca sons macios, que encantavam e cativavam. Desde jovem falava com os espíritos do mato na clareira e em noite de lua cheia no terreiro.

A primeira casa que ele construiu, de tijolo e cobertura de telha, era acanhada, os cômodos pequenos. Ele gostava de ficar na varanda pelo entardecer, tomando fresca, vendo o vale lá embaixo cortado pelo rio Joá. A Vila do Pati como um ponto longínquo, lá adiante onde o rio Joá como uma linha d'água fazia uma curva. Os olhos voltavam a se estender pelo gado espalhado como pontos brancos nos pastos, enquanto o sol riscava de vermelho as barras do horizonte, polvilhava de ouro a mata e o verde do capim no vale.

Um dia, o fogo alastrou-se em poucos minutos numa queimada pela Serra do Viradouro. Desceu as encostas da serra e descambou para o outro lado onde estava o vale, queimando tudo que havia pela frente. Estendeu-se até os extremos do vale. Queimou tanto no caldeirão das baixadas, durante vários dias, que a fumaça não deixava ver o horizonte. As chamas andaram com rapidez, depois de cinco dias ainda queimavam os troncos e os tocos.

A passagem da lua crescente trouxe chuvas pesadas. E, pelos meses de estio que vieram depois, o capim brotou por todos os cantos do vale com uma força surpreendente. "Chão bom pra vegetação do capim, a água é salobra, boa pro gado", pensava, enquanto via que acabava de nascer a Zona do Ouro, com seus pastos grandes que iriam se estender no outro lado da Serra do Viradouro.

Com o preto Calu e três homens, ele foi comprar gado no sertão dos Gerais pela primeira vez. Só na ida o viageiro de um mês, em lombo de cavalo, dormindo na rede armada embaixo de pé de pau. Levou dois maços de dinheiro amarrados com duas tiras de borracha. E também moedas de ouro num saco. Colocou os dois maços de dinheiro e o saco com as moedas de ouro no bornal, do qual não se afastou um só instante, ficava com ele até na hora de dormir, servia como travesseiro debaixo da cabeça.

O capim nativo continuava a tramar semente debaixo da terra, impelindo-se para cada vez mais mudar as cores da paisagem. Ele voltou do sertão dos Gerais com uma boiada pequena, um rebanho de vacas alvas e um boi reprodutor puro. Dois meses depois, naquela mesma noite que o jenipapeiro caiu na chácara, derrubando o galinheiro, estragando uma parte do chiqueiro, teve o segundo sonho, que contou a Edivina no outro dia.

Segundo Sonho Visionário de Vulcano Brás

Sonhou que três caçadores acharam algumas árvores carregadas de frutos verdes e maduros na mata de uma serra que ficava paralela à serra do Viradouro. Os frutos maduros nos galhos estavam furados, alguns quebrados, espalhados pelo chão, as amêndoas comidas por algum bicho. Os três caçadores colheram alguns frutos maduros e quebraram. "Cheiro bom", o primeiro caçador disse. Chuparam as amêndoas. "Puro mel", o segundo caçador disse. "Visgo na mão", o terceiro caçador disse. Os três caçadores voltaram à noite ao mesmo local da mata onde encontraram aquelas árvores carregadas de frutos maduros e verdes. Eles queriam saber qual era o bicho que furava, quebrava os frutos maduros e chupava as amêndoas. De manhãzinha acordaram assustados com uma forte gritaria pelos galhos. Viram muitos macacos à procura dos frutos maduros apencados nos galhos. Furavam, arrancavam, quebravam e chupavam as amêndoas dos frutos maduros. Deixavam cair as amêndoas que eram chupadas, fazendo uma festa misturada com gritos, caretas e saltos de galho em galho.

Sonhou que à tarde os três caçadores quando retornavam para a casa encontraram um grande pássaro de penas douradas pousado no galho de um jequitibá seco. Eles ouviram o pássaro dizer:

Ca-cau-ca-cau...
Ouro vegetal,
Pode ser o mel,
Pode ser o fel

Ca-cau-ca-cau...
Nada é igual,
Pode ser o ouro,
Pode ser desdouro.

Os três caçadores ouviram o grande pássaro de penas douradas falar que a terra melhor para plantar cacau era onde havia um pau grande chamado virote. Foi quando o primeiro caçador parou na trilha da mata e disse para os outros dois. "Aqui dá cacau, tem virote", apontando para uma árvore de porte grande. O segundo disse: "Tem bananeira-brava." E o terceiro caçador disse: "Tem cedro, claraíba-preta e pequi." E os três caçadores observaram ainda que a grã da terra ali era bem escura, sem piçarra ou barro de telha. Havia pedra solta preta no chão úmido de folhas. Não havia dúvida que ali a terra dava bom cacau.

Sonhou que o grande pássaro de penas douradas alertou os três caçadores:

Ca-cau-ca-cau...
Plantar, colher,
Arrumar quebrar,
Fermentar, pisotear,
Secar, ensacar,
Embarcar, vender

Ca-cau-ca-cau...
Bom pra enricar,
O bem e o mal,
Vai depender
De quem tem...

Aí o pássaro dourado bateu as asas grandes e voou. Buscou o alto do céu, rumo ao sol.

Quinta Parte

As Dobras do Tempo

Cobiça do fruto como ouro era o que fiava terras e céus. Visões e acenos de uma nova moeda aconteciam por trilhas e atalhos. Atraíam os forasteiros chegando da noite para o dia. Febre, licor mágico, instante doce que uma flor paria dentro da mata. Ébrio fruto a urdir desejos de riqueza na avidez da carne. O tempo, que conhece todos os caminhos, escorre e lambe, tramava dessa vez o nascimento de um ouro vegetal, plantado por mãos crespas e anônimas. Enormes mãos destinadas ao esforço das horas, mal o sol mostrava o olho na cerração acima da serra. O homem instaurava o reino das árvores dos frutos cor de ouro. Disseminava o sonho de qualquer um ser rico no território do Japará. Um sonho que era novo naquelas léguas do Japará e velho em outras zonas.

Os forasteiros vinham para plantar o cacau na Serra do Virote. Grotões, baixadas, outeiros, ladeiras, morros, encostas, várzea. Era a cor de ouro do fruto que atraía com o seu brilho? O sabor de mel das amêndoas? Uma nova moeda revelada com a venda das amêndoas secas do fruto, como havia revelado o grande pássaro dourado aos três caçadores que Vulcano Brás viu no sonho? Nas terras do Japará, as árvores dos frutos cor de ouro nutriam alma, força e vida de qualquer vivente. Da raiz ao céu, ladainha, campainha, agonia. Por léguas violentas e desalmadas uma nova região surgia, com suas vozes, cores, ventos. Com tamanha cobiça, suor e morte.

Os dedos nodosos, as mãos calosas, sujas de terra. Os dias amanheciam com espinho e insetos, anoiteciam com agouro. Cada forasteiro construía o casebre na clareira que abria na mata. Podia estar cansado, faminto, não esmorecia, a noite lá fora não era nada. De tão longe e distante, um não sabia do outro. A mata era recuada com os golpes desferidos por machado. Os índios eram empurrados para os locais distantes.

Os forasteiros já não vinham apenas da caatinga, com as levas de retirantes. Chegavam do sertão dos Gerais, de lá onde os rios estavam esparramando água para todos os lados. As águas da cheia inundavam os pastos, matando muito gado. Deixavam atrás febre do impaludismo e tifo, o surto da peste que ia levando muita gente para a cova.

A mata raleada para o plantio do cacau à sombra das árvores nativas de grande porte. Com mais braços dispostos a implantar a nova lavra, a mudança na paisagem acontecia de maneira surpreendente e veloz. Vulcano Brás fazia com os homens a tosca trilha, o limpeiro na terra virgem e fértil. Usava a vara fornida com a extremidade afinada para furar a terra. Fazia os três buracos em triângulo, uma semente era colocada em cada vértice.

Havia o caçador que entrava na mata com espingarda e bornal de mantimento. Sem nada roçar, com a ponta do facão língua de teiú, de tanto ser usado em outros afazeres, abria as covas, jogava as amêndoas dentro, passando o pé por cima para cobri-las com terra.

A paisagem na Serra do Viradouro, encostas e escampos do vale, era uma com o capim viçoso. Na Serra do Virote era outra, as árvores dos frutos cor de ouro formavam uma floresta baixa a substituir a selva com árvores nativas no sono milenar da terra.

As primeiras fazendas iam surgindo nas duas serras. Na Serra do Viradouro e na Zona do Ouro ficavam as fazendas de gado, o curral de madeira de lei, pastos grandes, casas simples para o dono, vaqueiro, ajudante e trabalhadores. Na Serra do Virote e baixadas, as fazendas de cacau, também com casas simples para o dono, trabalhadores, pastos pequenos para os burros, o cocho para a fermentação do cacau, a barcaça rústica feita como um tabuleiro grande de madeira, a cobertura de palha, movida em rodas de madeira, servindo para o pisoteio e secagem das amêndoas fermentadas.

Trilhas criadas pelos cascos dos burros tornavam-se estradas. A burrada descia com os sacos de cacau seco no lombo. Levava os sacos pesados para os compradores com seus armazéns de portas largas nas vilas e cidades pequenas. Dali, era embarcado de novo em lombo de burro e seguia para Porto Verde de onde era levado em alvarengas, embarcações chatas com a forma de caixão, até os navios grandes na barra lá fora.

O cacau era transportado pelos navios para países longínquos.

Como aconteceu na Serra do Viradouro, ele se tornou na Serra do Virote senhor de chão e céu. O braço impetuoso, a voz merecedora de respeito. Chicote no atrevido que ousasse pegar um fruto de cacau nas roças. "Da próxima vez, te capo. Pode sair agora dos meus pertences", ordenava Vulcano Brás, a voz enfurecida.

O Visgo na Alma

Edivina encontrou de novo Vulcano Brás muito pensativo no alpendre. Coçava o queixo com a barba por fazer.

"Anda com a cabeça no ar?"

"A terra, Edivina."

"A gente já tem o bastante."

"Eu sei."

"Então deixe de pensar."

"Não consigo."

"Vai perder o juízo?"

"Não me larga, é como visgo."

Um Tiro

Filinto Vinhático, vizinho de roça na Serra do Virote, tomou emprestado dinheiro grande a Vulcano Brás. Precisava sair do vexame com a dívida contraída no banco do estado. "Fique sossegado, Vulcano Brás, seu dinheiro será pago antes do vencimento", disse, acrescentando que dava como garantia da dívida sua fazenda Flor da Serra. Assegurou que era um negócio pra ser feito com escritura lavrada no Cartório do Juiz de Paz da Vila de Taiobal, com a assinatura deles dois no livro e das duas testemunhas presentes ao ato. Concluiu dizendo que tomava emprestado um tanto de dinheiro e pagava o dobro. Se não conseguisse pagar o dinheiro tomado emprestado, a Flor da Serra passava para os pertences de Vulcano Brás.

Com que satisfação ficava no alpendre, vendo a passagem da burrada carregada de cacau, os passos cadenciados sob o barulho dos cascos. Foi naquele dia de chuva rala que Filinto Vinhático apareceu de repente no alpendre. Empunhava o revólver, era só raiva a espumar pela boca, o cano da arma apontando para a cabeça de Vulcano Brás. "Quero a Flor da Serra de volta, vá saindo de meus pertences agora, se não quiser comer bala!" Rosto de arrependimento, mas sem demonstrar medo ante a situação inesperada que infundia perigo. Disse Vulcano Brás: "Já estava pensando em devolver a Flor da Serra. Só não quero ficar no prejuízo. Quero meu dinheiro que emprestei. Num bom entendimento tudo termina bem." Sentia-se humilhado por ter que devolver a Flor da Serra para Filinto Vinhático. Não era aquela a solução que um homem de seu temperamento gostaria de dar ao caso.

O tiro salvador veio por detrás da jaqueira, ao lado da casa-sede. Pegou bem no peito de Filinto Vinhático, o corpo dele deu uma meia volta, chocou-se na mureta do alpendre, rolou para fora e caiu na valeta, na qual escorria a água da chuva quando vinha do telhado. Tentou se levantar e caiu adiante no meio do terreiro. Edivina saiu detrás da jaqueira, a repetição engatilhada, andou até junto do corpo de Filinto Vinhático, com a boca na terra. "Tomaí, peste, quem vacila acha a morte num minuto", a expressão de cólera incontida no rosto dela. Virou-se para Vulcano Brás: "Nessas horas a vida é do mais ligeiro, não é mesmo?"

Aparício Pança-farta apareceu no terreiro montado no burro velho quase no mesmo instante em que o tiro ecoou na manhã. Vinha prestar contas a Vulcano Brás do movimento do armazém na semana. A Vila do Pati tinha crescido nos últimos dois anos com a chegada de forasteiros, em busca de trabalho nas roças de cacau. O movimento no armazém de Aparício Pança-Farta aumentava com os novos fregueses.

Viu o corpo de Filinto Vinhático puxado pelo burro para ser enterrado na mata. Vulcano Brás contou o dinheiro da vendagem da semana no armazém e tirou a parte que lhe cabia como sócio do negócio estabelecido entre eles dois. Aparício Pança-Farta falou que precisava sortir o armazém com pano para roupa, estava chegando à vila muito forasteiro, como já era sabido por Vulcano Brás.

Ele pediu para Aparício Pança-Farta arranjar uns cabras machos o mais breve, queria reforçar sua guarda, proteger mais sua vida, a cada dia correndo risco com o aumento de seus domínios nas bandas da Serra do Virote.

Sexta Parte

O Silêncio da Vila

O vento rola pedaços de papel e folhas pela praça. Os homens levantaram uma nuvem fina de poeira no chão batido quando passaram na marcha. O silêncio de velhos e mulheres que ficaram na vila mostra apreensão na expressão dos rostos: tristeza, medo. Todos eles temem pela sorte dos homens chefiados no levante pelo vaqueiro Genaro. Visões e pensamentos de alguns deles, direcionados para os homens na marcha já antecipam o desfecho do levante por entre as sombras da derrota, a vitória com certeza ficando do lado de Vulcano Brás e seus jagunços.

Aparício Pança-Farta viu que os homens tinham um olhar de fereza trancado no rosto quando a marcha parou em frente do armazém.

"Venha com a gente, Aparício", vaqueiro Genaro chamando.

"Já disse que a liberdade ganha com sangue não tem presteza."

"A terra pertence a todos", vaqueiro Genaro decidido, à frente dos homens assanhados, estes erguendo e vibrando no ar foices, enxadas, machados, facões e armas de fogo.

Vaqueiro Genaro apontou para ele com a repetição.

"Se a vitória não for da gente, um que sobre dos nossos é pra acabar com esse cão covarde."

Aparício Pança-Farta recuou com um tremor no corpo, os olhos como dois pontos nervosos, sentiu uma urina quente molhando suas pernas.

Os homens passaram cabisbaixos em frente do cemitério. Viram de longe as cruzes de madeira simples marcando a cova rasa onde estava enterrado algum parente ou conhecido. Lembrança dos mortos trouxe de volta momentos da vida sofrida que levavam trabalhando nos pertences de Vulcano Brás, sem que conhecessem dias sofríveis como recompensa do suor derramado na terra.

O cemitério foi deixado para trás, subiram a ladeira adiante do matadouro cantando hinos de guerra. Os passos seguros, umas vozes metálicas que vinham das águas do tempo. Atravessavam campos de duro clamor, capoeiras grossas, agitavam a cabeleira das árvores na mata, falando da bala que baniu a taba e da flecha quebrada na fuga em grito. Das carnes comidas sob o calor do verão e frieza do inverno enquanto a fome roia as tripas.

Aparício Pança-Farta vem até a porta do armazém e espreita os ares quietos da vila. Os casebres com portas e janelas fechadas. Tudo resvala na vila em silêncio com os ares da morte. Meninos não brincam de vaquejada com os bois de barro, nenhum deles sopra a flauta feita com talo de mamão para imitar os pássaros.

Até os pássaros calaram-se nas árvores da praça ou fugiram para os longes da mata escura.

O Gringo Quicrala

Nuvens gordas chegam da Serra do Viradouro e passam vagarosas no céu azul acima da Vila do Pati. Como as nuvens, pensamentos vagarosos chegam do passado, soltam lembranças de pessoas e coisas, misturando-se com os fatos que tinham acontecido com Aparício Pança-Farta nas terras do Japará.

O gringo Quicrala foi olhado com espanto quando chegou à Vila do Pati. Ele disse a Aparício Pança-Farta que já tinha andado por tudo que era canto onde houvesse gente naquelas terras do Japará. De vilarejo em vilarejo, em beira de estrada onde tivesse uma tapera com alguém, na clareira aberta da mata, lá estava ele a vender espelho, brilhantina, perfume, sabonete, louça, agulha, linha, broche dourado, pano de roupa, tapete, frasco com remédio. Vestido de noiva, colar de esmeraldas, anéis de ouro, tafetá, linho, seda com outras coisas raras vendia aos fazendeiros. Muita coisa vistosa reservava para exibir nas feiras diante da pequena multidão de tabaréus em volta. Uma gente curiosa ficava vivamente impressionada não só com as coisas que ele vendia bem como com a sua voz macia e a maneira engraçada de arranhar ou trocar as palavras.

Ninguém entendeu na Vila do Pati como o gringo Quicrala conseguiu alugar a Vulcano Brás um dos armazéns na praça onde instalou a loja. Comentava o povo que aquele gringo era a própria encarnação do diabo na trapaça, herdara a sagacidade dos antepassados para comprar e vender, mas era sempre o que saía lucrando em grande ou pequena negociata.

O povinho da vila ficava cada vez mais admirado com o progresso que tinha em pouco tempo o gringo Quicrala na sua loja Tudo-Tem. Vinha gente de outras vilas distantes, dali perto no mato, para fazer compras na loja do gringo. Na parte baldia do terreno, ao lado da loja, começou a construir uma avenida de casinhas pensando em alugá-las barato aos forasteiros. Foi sua perdição. Quando soube disso, Vulcano Brás esbravejou, bufou, deu um murro na mesa, quebrando copos e pratos.

Ao passar pela vila, ele não escondia a cara feia com o jeito amigo que tinha o gringo para vender as coisas. O maldito ainda não contente com o progresso da loja estava construindo uma avenida de casinhas para alugar aos forasteiros ou até mesmo à gente da vila. Contratava o trabalho de pessoas velhas para erguer a avenida de casinhas, gente já sem serventia para qualquer tipo de serviço. Aquele gringo treteiro queria ficar rico num abrir de olho, isso começava a incomodá-lo. Vulcano Brás bem sabia que espinho quando fura mostra a ponta cedo, precisa ser arrancado o mais rápido.

E toda aquela vontade que o gringo tinha para ficar rico era um afrontamento descabido nos domínios de Vulcano Brás.

Por onde anda agora o gringo Quicrala?

Com a aproximação dos jagunços, não fosse ligeiro o gringo, ali mesmo no batente da loja ia cair empapado de sangue. Vaqueiro Genaro avisou que os cabras estavam vindo para vila para acabar com a vida do gringo. "Não teime em ficar na vila, quem avisa amigo seu é, se proteja e saia daqui depressa." Não vacilou nem perdeu tempo, antes o nada com a vida salva do que o tudo com a vida na cova, pensou o gringo na fuga rápida, agradecendo a Alá por ter enviado vaqueiro Genaro em hora tão crítica.

Aparício Pança-Farta

Manhã de vento fresco na vila, embora Aparício Pança-Farta sinta um calor como se o tempo estivesse abafado: a camisa molhada, o suor descendo nas papadas. Um rato calunga se bate em suas pernas, com medo sai correndo pelo piso do armazém, tentando entrar em algum buraco e se livrar do gato, que o persegue numa caçada sem trégua. Cenas rápidas do gato caçando o rato fazem aflorar à mente as palavras do vaqueiro Genaro quando parou com os homens em frente do armazém, ameaçando-o de morte.

O gato caça o rato e o cão persegue o gato e o mais forte come o mais fraco nestas léguas sem trégua do Japará, pensa.

Mãos trêmulas abrem a gaveta da cômoda pequena no quarto e retiram de dentro o retrato da filha. O olhar triste fixa-se no retrato desbotado, a filha sorridente nos seus treze anos de idade, a soltar no sorriso um perfume bom de flor quando se entreabre alegre. Até achou conveniente quando Vulcano Brás disse que Edivina precisava de Nininha para ajudar nos serviços da casa-sede da fazenda Boa Vista.

Lembrar agora que o tampo da pureza das carnes de Nininha foi tirado por Vulcano Brás é abrir a ferida esquecida para sangrar de novo dentro dele.

Nininha foi a melhor lembrança que a mulher deixou-lhe neste mundo. Sentia sua filha como uma figurinha que tinha os traços formosos desenhados pela natureza. Rosto róseo, seda a pele, era uma flor, flor, flor. Cabelos finos até os ombros, jeito alegre de falar com as pessoas. A menina assim dadivosa como flor merecia toda a vigilância dele. Mulher naquelas bandas era coisa difícil. Mateiro botava os cães na trilha da mata, em busca de pegar alguma índia para acasalar.

Ao chegar às terras do Japará, não pensava que a mulher Clarinda fosse morrer cedo. Tinha adquirido um pedaço de terra na Serra do Virote e lá na mata abriu a clareira onde construiu uma tapera. A mulher no primeiro mês que passou na serra pegou uma tosse forte, que não quis sair do peito. À noite tinha dificuldade de pegar no sono. Tosse maldita começou a minar as forças de Clarinda, sufocar os pulmões. Tinha vez que fazia que ela cuspisse sangue. Não houve remédio de folha nem beberagem com raiz de pau que afugentasse a tosse do peito da mulher. A febre ardeu em todos os pontos do corpo na última semana em que a mulher passou neste mundo. Foi enterrada lá mesmo no mato, perto do roçado de milho, por trás do casebre.

Viver era perigoso na mata fechada. De noite a onça dava cada esturro que estremecia as árvores nativas, de dia a cobra deslizava na terra úmida coberta de folhas apodrecidas. A mata com suas árvores de grande porte transpirava os ares da morte a se impor no musgo da casca grossa e no silêncio da hora mais longa. Apesar de todos os perigos, a plantação incrementada das árvores dos frutos dourados na Serra do Virote atraía mais gente a cada dia. Vinha dos pontos mais longínquos do território do Japará. Muitos forasteiros já sabiam da fama de Vulcano Brás com o seu mandonismo desenfreado. A vontade dele, aquele homem corpulento, cabelos cor de fogo, vozeirão brabo, imperava por léguas do nunca acabar.

Não arranjou outra mulher para viver com ele na Serra do Virote. Ele mesmo fazia a comida e lavava a roupa no ribeirão. As luas passavam, chuva grossa caía da noite com trovoada, o vento assoviava nas gretas da tapera. Ia tocando a plantação de cacaueiros, já dando os primeiros frutos. Sorria como um menino feliz diante das árvores carregadas de frutos dourados.

Aí foi quando chegaram os cabras de Vulcano Brás ao terreiro e desmontaram dos cavalos suados. O chefe deles disse que Vulcano Brás queria comprar a sua rocinha. Alertou que naquelas léguas melhor um mau acordo do que uma refrega com o mais poderoso. Era a lei do mais forte que imperava, sabendo-se que quem tentasse resistir a isso, sem querer vender sua roça, podia se dar mal e perder até a vida.

Tal desgraça acontecesse com ele, como ficaria Nininha num mundo que naqueles longes era habitado por gente bruta parecendo bicho? A menina foi criada até os dez anos por vô Isidro na vila. Depois foi morar com ele na mata. Achou por bem aceitar os desígnios de Vulcano Brás. Vendeu a rocinha, mas insistiu para que Vulcano Brás lhe autorizasse a instalar na vila um armazém sortido de artigos do campo, gêneros como farinha, feijão, açúcar, querosene, charque, pólvora, chumbo e outros produtos.

Três anos depois de vender a rocinha, Vulcano Brás foi visitá-lo na Vila do Pati, com aquele jeito sonso de onça por dentro e por fora na pele de cordeiro. Disse que Edivina precisava muito de Nininha para ajudá-la na casa-sede da fazenda. "Quanto ao armazém, Aparício, vou sortir com mais coisas pra gente ter mais venda e lucro. Vosmecê continua cuidando da vendagem, prestando contas do apurado na semana, repartindo o lucro comigo, enquanto eu vou fornecendo o dinheiro pra sortir o armazém do que precise."

Mandou buscar Nininha no outro dia. A desgraça aconteceu naquele mês com chuvas ligeiras no verão abafado.

Amarrou a boca de Nininha com uma toalha para que ninguém ouvisse ela gritar quando tirasse dela o tampo da virgindade na cama em que ele dormia com Edivina. "Como podia resistir, pai? Pensei em correr pro mato, mas não podia, ele me ameaçou de morte com o revólver. Falou enraivecido pra que eu abrisse as pernas, queria provar logo o que estava dentro de mim, entre as minhas pernas que tremiam."

Quando a barriga foi crescendo, estufando o vestido, Nininha desapareceu sem dizer pra onde ia. Devia estar com vergonha do que aconteceu com ela. Não queria, mas ia ter que parir um filho de Vulcano Brás, feito nela daquela maneira que todos sabiam na vila.

Ficou muito tempo sem saber o rumo que a filha tinha tomado. Até que o tropeiro Julião um dia lhe disse que ela teve as dores na Rua do Sapo, lá no puteiro da Vila de Jacareci, no braço Norte do território do Japará, onde depois passou a viver de mercar o corpo com gente do povo num quartinho de uma casa de tábua.

Sétima Parte

Episódio de Nininha

Uma vez no ano Edivina ia à cidade distante para comprar pano de cama, vestido para ela, roupa para Vulcano Brás, os filhos e algumas coisas pequenas que lhe chamassem a atenção. Como da última vez, em dezembro de um verão de céu nublado, quando comprou na feira as figuras de barro do presépio, o menino Jesus, a Virgem Maria, um São José, os reis magos, os pastores, o boi, a vaca, o jumento e o galo.

Quando descia para a cidade distante ou para a Vila do Pati, Edivina ia montada numa égua de porte pequeno, que tinha balanço macio quando andava à rédea curta nos passos miúdos. Somente ela montava naquela égua de pelo acinzentado. Os filhos faziam-lhe companhia. Olívio era a sua guarda, Olindo distraía, tocando o pífano quando paravam para descansar da viagem, embaixo de alguma árvore frondosa.

Na cidade tinha o costume de se hospedar com os filhos na pensão de Dona Otília, que ficava na beira do rio.

Procurava não demorar na cidade quando ia fazer as compras. Ficava preocupada com Vulcano Brás, sem que tivesse uma mulher como ela para cuidar dele com dedicação, para que não lhe faltasse nada, durante o dia ou à noite quando fosse necessário. Embora nessas ocasiões quando ela se ausentava sempre tivesse deixado preta Balbina, mulher do vaqueiro Rogaciano, para fazer os trabalhos caseiros na casa-sede da fazenda Boa Vista.

Depois que fazia as compras na cidade, não esperava o dia amanhecer. Retornava apressada com os filhos para a fazenda Boa Vista. Tinha que sair antes do último canto do galo, a viagem era longa até chegar à vila de Macuxi. Pernoitar ali e continuar a viagem no outro dia rumo à fazenda Boa Vista. O último pernoite era na Vila do Pati onde Vulcano Brás tinha mandado construir uma casa de quatro águas para abrigar a família quando por ali demorasse ou tivesse de passar a noite.

Dois burros carregavam as malas de couro com as compras. Foram colocadas dentro dos caçuás, que sacolejavam com os passos seguros dos animais na estrada.

Daquela vez Edivina descera para a cidade distante para extrair um dente, que vinha lhe incomodando de dia e durante a noite quando então não conseguia pegar no sono. Parecia que agulhas invisíveis furavam-lhe os nervos quando o dente começava a doer. O rosto havia inchado nos últimos dias, tinha dificuldade em engolir o alimento sólido pela garganta inflamada. Os olhos tinham sumido no rosto sob a pele inchada, agora nem café morno conseguia beber.

Vô Isidro havia sido chamado. Com reza, beberagem e defumações, ele conseguiu que o rosto de Edivina desinchasse um pouco e as dores fossem aliviadas. Aconselhou que ela mascasse fumo para aliviar quando o dente começasse a doer, dando aquelas agulhadas que não paravam, parecendo que iam furar o rosto. E mais do que isso o velho curandeiro não conseguiu fazer para que desaparecessem em definitivo as dores de dente em Edivina.

Vulcano Brás ordenou que ela fosse até a cidade. E lá extraísse o dente com o melhor dentista que houvesse em Belmontina.

No mesmo dia em que Edivina desceu para Belmontina,

Vulcano Brás disse à preta Balbina que não precisava dela para fazer os serviços caseiros na casa-sede. Nininha já era uma moça prendada, sabendo fazer todos os serviços caseiros exigidos na casa-sede. Edivina não ia fazer falta, nem a preta Balbina, observou Vulcano Brás, coçando o queixo, os olhos crescidos, um riso débil querendo sair por entre os lábios vermelhos.

As formigas de asa invadiam o alpendre como pequenas nuvens. Iam de encontro às paredes e caíam mortas no piso. Várias vezes Nininha teve que varrer as formigas que caíam mortas no piso do alpendre, durante o dia. Limpava com o pano molhado as paredes e o piso sujos pelas formigas de asa. À noite Vulcano Brás chamou Nininha para chegar até seu quarto. Ordenou com uma voz grossa e alta para intimidá-la: "Me traga a moringa com água fresca e o copo de barro! Tenho muita sede, não demore muito!"

Nininha entregou-lhe o copo de água no quarto alumiado com uma candeia pequena. Pernas e mãos trêmulas, o rosto com os olhos de bicho indefeso e amedrontado. Dali a pouco ouviu a segunda ordem: "Deite na cama, não queira se fazer de rebelde. O que eu quero de você está aí entre as pernas e é pra já!"

Ela não esperou romper a madrugada. Assustada, o ventre doendo, correu pelo mato. Procurou reunir no corpo as forças que pode para não desmaiar no caminho. Ganhou no rosto o vento frio do resto da noite. Feriu-se com espinho, pisou em ponta de pedra, machucou os dedos dos pés. Finalmente encontrou a vereda que ia dar na Vila do Pati.

O céu naquela noite tinha uma lua sem brilho por entre nuvens paradas e escuras. As estrelas estavam apagadas.

Toque, Toque, Toque

Vento seco balança as folhas da jaqueira na praça. O céu lavado de brilho com a claridade da manhã. Urubus como naves negras flutuam com os olhos necrófagos no céu imenso de azul.

No pastinho por trás do armazém, aproxima-se do burro cabano a se coçar no mourão da cerca velha. O animal sacode a cabeça, zurra e bufa com a chegada do dono. Ele ajeita a sela no lombo do burro e, desajeitado, vai logo montando nele. Passa pela porteira de arame e, em sua figura grotesca na sela, atravessa a praça, o burro nos passos espandongados. Várias vezes cutuca a barriga do animal com a espora, bate com a vara nas ancas, vamos logo, bicho preguiçoso, os homens na marcha devem estar bem longe.

Meninos escondidos por trás da jaqueira zombam de Aparício Pança-Farta, que tem dificuldade em fazer com que o burro ande ligeiro. Três rostos sujos aparecem e desaparecem por trás da árvore. Fazem caretas com as mãos no rosto, a língua de fora, os olhos arregalados. Não param de mangar de Aparício Pança-Farta. "Resolveu ir pra luta, seu Pança-Farta? Não tem medo de faca na barriga e bala na papada?" O burro anda nos passos lerdos. Aparício não se apruma direito na sela com os passos lerdos do animal. "Não está com as calças mijadas e cagadas, Aparício Pança-Farta?". As vozes na mangação dos meninos metem-se pelo beco e se perdem nos ares ensolarados da vila.

Aparício Pança-Farta afasta-se da vila montado no burro com a pelagem cor de cana, que embora novo não sabe andar ligeiro. Horas depois toma a estrada que segue em direção do Vale das Garças.

Desce uma ladeira de chão com pedrinhas soltas, segue batendo com a vara no burro, que não muda o passo preguiçoso, nem quando é esporeado pelo dono. Para acalmar os nervos, que se inquietam com a marcha lerda do burro, começa então a cantar alto, a voz desentoada chega a espantar um bando de garças, que voam ligeiras, indo pousar nos galhos altos da gameleira.

Que faça sol ou faça chuva
Da vila e roças nasce essa luta...

Que faça sol ou faça chuva
Nesse cambão a vida é dura...

E a esporear o burro cabano, xingar e bater nas ancas do animal com a vara, vai seguindo os rastros dos homens na marcha. Tinham passado por aquele trecho da estrada como era visto pelas marcas dos pés deixadas na terra fresca. Já iam andando longe pelo Vale das Garças, guiados pelo vaqueiro Genaro, este acompanhado do caçador Guinó à frente, levando a bandeira vermelha como um estandarte de guerra.

Que faça sol ou faça chuva
Na terra livre a safra é justa...

Canta bem alto, assustando os passarinhos que voam para os galhos das árvores grandes. Sua voz desafinada faz uma preá correr ligeira para o meio do mato. Quanto mais canta, não para de esporear e bater com a vara no burro cabano.

Toque, toque, toque.

Oitava Parte

Acerca das Mazelas

A saúde de Vulcano Brás piorou de modo inesperado. Atacado de febre reumática, ele teve febres altas. Sentiu fortes dores no coração e rins. Não fazia muito tempo andava a cavalo sem mostrar cansaço. Os anos avançados estavam dobrando a saúde do dono daqueles mundos despovoados do Japará, que se alastravam até onde o céu fazia um arco com a terra. Mas ele não se entregava às doenças que queriam levá-lo deste mundo para a terra de onde ninguém voltava.

Era difícil manter a saúde naqueles confins quando alguém era acometido de impaludismo ou outra doença perigosa. Do impaludismo quase ninguém escapava. Às vezes vô Isidro conseguia curar o doente que fosse atacado por uma moléstia braba ou picada de cobra. Rezava com os cantos evocando Omulu, orixá da cura, receitava remédio feito com folha, casca e raiz de pau. Quando a doença era em razão do encosto de algum espírito maligno, conseguia com reza forte afastá-lo do corpo e mente do possuído.

Em suas crises, quando acometido de alguma doença, Vulcano Brás nunca desejou que fossem chamar vô Isidro na Vila do Pati para tentar curá-lo.

Em outubro, Vulcano Brás sofreu novo surto de febre reumática, o segundo ou terceiro. A situação dele tornou-se preocupante como ainda não havia acontecido. E Edivina, contrariando-o, mandou chamar, às pressas, vô Isidro na Vila do Pati. O velho curandeiro receitou uma beberagem feita com folhas de alface, boldo e casca de canela. Recomendou que ele tomasse mel de abelha com folha de agrião, mastruz com leite, um copo seis vezes ao dia.

Vulcano Brás teria daquela vez poucos dias de vida não fossem os remédios do velho curandeiro.

Livrou-se do surto da febre reumática, dores no coração e rins, mas em pouco tempo contraiu a varíola e inflamação na garganta, doenças que não trouxeram à sua saúde consequências negativas.

Edivina achava que Vulcano Brás dobraria a curva dos cem anos. Ele tinha uma saúde de ferro. Fora bem amamentado, isso podia ter contribuído para que não tivesse doenças na sua infância, fosse crescendo sem saber o que era uma dor de cabeça e com uma vontade incomum para enfrentar qualquer tipo de trabalho que exigisse esforço.

As doenças apareciam com frequência ultimamente por causa de sua idade avançada. Neste velho mundo quem não morre novo de velho não escapa, o tempo sempre mostrou isso. Mas ela sempre teve confiança nas rezas e remédios que vô Isidro passava quando alguém da família era acometido de alguma doença braba. Admirava o velho curandeiro da Vila do Pati. Mais do que isso, reverenciava-o. Acreditava que ele tinha poderes misteriosos transmitidos pelos espíritos de luz.

Quando Edivina ia à Vila do Pati, visitava vô Isidro no casebre com paredes de sopapo de barro esburacadas, perto do matadouro. Fornecia-lhe algum dinheiro para que o velho curandeiro não passasse necessidade. Recomendava a Aparício Pança-Farta para que não deixasse o velho passar privações. Quando necessitasse de farinha, feijão ou farinha, nada lhe fosse cobrado no armazém.

Vô Isidro nunca usou dos favores de Edivina quando ia ao armazém de Aparício Pança-Farta para comprar alguma coisa. Preferia passar necessidade a recorrer aos préstimos da mulher de Vulcano Brás. Quando era para cuidar de um doente em estado de aflição, da mesma maneira que usava seus poderes, rezas e remédios, para curar gente pobre fazia seus trabalhos com zelo fosse o doente Vulcano Brás, a mulher ou filho.

A bondade de vô Isidro não media os caminhos para atender o poderoso absoluto daquelas terras e sua família ou os demais que viviam tristes, infelizes e magoados, em qualquer canto das terras do Japará.

Ele acreditava que fora bater ali naquelas bandas para cumprir uma missão, que lhe foi designada por Oxalá, o orixá dono de Olorun, onde fica o reino do céu. Suas curas alastraram-se em fama de muitas léguas. Ele aprendera cedo a falar com Omolu, orixá das curas, e dele recebia os ensinamentos para aliviar os necessitados acometidos dos males do espírito ou doenças da carne, como maleita, dor na coluna, juízo doido, barriga inchada, fraqueza nas pernas, útero inflamado, amarelão, pereba, machucão, dores no peito, tosse seca ou com catarro, nariz entupido, intestino preso e todo tipo de inflamação.

A fala que usava quando estava curando alguém era permeada com termos africanos, usada assim por quem mostrava ter intimidade com a sabedoria dos negros escravos e seus ancestrais.

Vulcano Brás não gostava do tratamento respeitoso que Edivina dava ao curandeiro da Vila do Pati, vô Isidro não passava de um enganador metido a ter poderes sobrenaturais. Para Vulcano Brás qualquer pessoa morria quando chegava a hora. Quem fosse forte ia viver mais tempo, quem não fosse até de doença besta morria. Quem estava marcado para morrer cedo, não escapava da visita da morte, que levava como sempre o infeliz para um lugar cheio de escuridão debaixo da terra.

Sabia que a vida tinha imprevistos e ciladas quando então ninguém podia evitar que o ruim acontecesse. O caso da cobra venenosa que picou o vaqueiro Erotildes na entrada do curral podia servir de exemplo. Tinha chegado a hora dele, que não esperava por aquela picada venenosa bem ali na entrada do curral.

Aqueles poderes para curar um doente de doença braba, que Edivina dizia ter o curandeiro da Vila do Pati, ele não podia acreditar mesmo, não passavam de crendice besta.

Ultimamente, quando estava atacado de um surto de febre reumática e seu estado tornava-se crítico, para ele tanta fazia beber as garrafadas que vô Isidro passava como não beber.

Vulcano Brás acreditava que ele vencia uma doença braba porque era um homem forte, a vontade de viver muitos anos como um mandão soberbo no território do Japará pulsava nas veias, por isso tinha certeza que ainda ia dar muito trabalho à morte para vencê-lo. E de uma coisa a morte, que ele gostava de retaliar com xingamento, ficasse sabendo: jamais teria qualquer medo ou assombro quando chegasse a hora do duelo final com a desgraçada.

Vento de Velório

Edivina e os dois filhos velam em silêncio o corpo de Vulcano Brás na sala, em cima da mesa. As mãos cruzadas sobre o peito, a boca fechada, vestido numa roupa de mescla azul. Uma voz impetuosa já não grita mais, uns olhos severos não mais enxergam nada diante deles, umas mãos firmes não pegam sequer uma folha seca. Lembranças dessa voz, que tanto ecoou no rigor de atitude que domina, ferem o peito de Edivina, alcançam os dois filhos com os olhos fixos no cadáver do pai coberto do manto da morte, cujos ares circulam por entre os cabras no alpendre e se confundem com as trevas de uma noite fria.

EDIVINA: "Nessa penumbra cobre-me a amargura duma solidão com suas cores tristes, o vento sopra no meu rosto esse vazio que tudo esconde. Ninguém foge do destino. Todas as trilhas e (a)talhos apenas o tempo sabe. Ninguém mais, ninguém mais."

OLINDO: "Flores nunca habitaram tua alma, pai. Fugiram das armadilhas do desejo. Só para ti os reinos conquistados feitos de dores e seres marcados. Nestas terras do Japará, que te deram bastante ouro, querias tudo amplamente como se dos cascos e dos frutos dourados residissem infindos tesouros. No meu exílio feito de desertos e cantos dos pássaros, o coração estremecido nunca chegou a compreender teu galope por vastidões mutiladas, esvaídas de lágrima."

OLÍVIO: "Meu ávido coração no ter e gozar todo esse

prazer que me deixas agora. Só para mim essa febre de terra, esse suor dos outros a multiplicar as estações em torno das rumas, duradouras, amplas. O calor do tempo que me reservas é este ouro mais ouro no apogeu dos cascos e dos frutos maduros. Cheiros, sons e sentidos assoviam em meu peito por esta porta puxada pelo rabo da noite. Ó morte quanto te esperei para assumir as rédeas desta terra sob a amplidão das safras e o crescimento dos cascos aos milhares pelos campos! Sei de sangue nas disputas e de tocaias atrás do pé de pau, e do cambão nas horas de suor derramadas na vala. Por entre sombras de nuvens escuras era o meu sono, minha agonia no sonho a te pedir que não demorasses, ó morte. Agora sei que sou enfim, através de vastidões, o espaço mais rico que em minha alma há do animal que segue em face do mundo".

Antes de começar a crise de nervos há três dias, com dores fortes no peito acompanhadas de convulsão, Vulcano Brás teve o terceiro sonho.

Terceiro Sonho Visionário de Vulcano Brás

No alpendre. A mão no queixo. Uma fome de terra sem precedentes. Conversa sobre terra a fome no rosto. Os olhos crescidos. Veias do pescoço inflamadas. Como cordões grossos. Azuis. Seus domínios aumentando. No esparramado. No sem tamanho. Queria mais. Da nascente ao poente. Ficar sem ter, nunca. Léguas e léguas. Domínios do nunca ter fim. O querer no rosto sanguíneo. Nas lonjuras se perdendo. Lavouras diversas. Tudo seu. Reses inúmeras. Pelos confins. "Preparem o cavalo negro". O preferido em viagem longa. Difícil, perigosa. A bênção aos filhos. O até mais para a mulher. Viagem repentina. A mulher espantada. Chapelão de couro. Botas de cano longo. Lustrosas. Cinturão de couro de zebu. Retrato do avô no fivelão. Camisa e calça de mescla azul. Em busca da última linha dos domínios. Galope dia e noite. Por serras, baixadas. Grotões, despenhadeiros. Pastagens, capoeira grossa. Largueza de ribeirão. Rio com muita água. Peixe em abundância. Por lavouras incontáveis. O viageiro desmedido. Ganhando nuvens. Dobrando caminhos. Penetrando a mata turva. Atirando em assombração. Sem temer a tempestade. Firmeza na solidão. Mais e mais queria. Peito suado. Rosto febril. Vermelhão. Rumo à última linha. Lá onde o céu se acurva. Até que desapareceu.

Nona Parte

Sombras e Aparições

A noite flui com as suas sombras pelos cômodos da casa-sede. O corpo de Vulcano Brás estirado em cima da mesa, preto como a terra. Duro, imóvel. A terra, que tanto o atraiu, tramou para que andasse com ela pelas vastidões, inseparáveis, está à espera desse corpo para que descanse em definitivo no leito solitário, sem que precise pensar em mais nada. Chega assim a vez de Vulcano Brás sair deste mundo para dormir um sono que não tem sonho, no corpo cego, surdo, mudo, que já começa a se desfazer ali mesmo em cima da mesa.

O que sustentou este corpo quando tinha vida estará movendo a alma de Vulcano Brás agora em outras terras? No outro lado de lá de onde ninguém nunca voltou? Numa terra onde ele jamais precise usar a voz rigorosa para dominar os homens, pulso forte para fazer, refazer e desfazer a vida como bem lhe convinha?

Sombras resvalam na alma de Edivina através de perguntas que não têm respostas. Lembranças pulsam doloridas dentro dela em razão da ausência dele, hoje e depois. Sensações de um vazio alojam-se no peito, que geme e faz esforço para suportar nos escombros o abalo que lhe causou a morte dele.

É como se houvesse caído sobre ela todo o peso da terra.

O corpo de mulher pequena veste-se na camisa de mangas compridas e calça de brim dele. Assim cobre as placas brancas que começaram a aparecer de uns meses para cá, nos braços e pernas. E este peso terrestre, que ela sustenta sozinha agora pelas vastidões, chega de onde o tempo fora marcado no início com as passagens da lua, anotado no calendário cravado nos talhos da jaqueira. Um tempo que teve delírio de febre, pio de cobra, zumbido de besouro, agouro de coruja, o voo dos morcegos na noite escura e assustada.

Não mais haverá o abrigo do corpo dele com o peito cabeludo, o prazer com a sensação de segurança trazida por mãos enormes, que sempre a protegeram. Nem sequer vestígios daquele tempo no recesso do quarto irão reaparecer mais quando então gestos febris com o cheiro de terra envolviam suas ancas pequenas, sob o ranger da coberta e tensão da pele. Um tempo ao longe, muito longe, cada vez mais perdido nos anos, que respondeu aos apelos da vontade para ela ter aqueles dois filhos, gerados no mesmo ventre, do mesmo homem, mas que se mostraram com temperamentos diferentes.

Cada um dos filhos ali está ao lado do corpo dele, sabem como Edivina de uma situação incontornável a escorrer da noite com a sua verdade pura, certeza de um dia no qual tudo acaba para sempre.

O vento sopra forte na noite escura. Lá fora com chuva, trovoada e relâmpago. Circula com o seu hálito frio pela casa-sede da fazenda Boa Vista.

Sentados no banco comprido, homens sopram pelo nariz anéis de fumo. Quietos no alpendre, as fisionomias fechadas, nada puderam fazer também diante do inevitável quando souberam que Vulcano Brás havia deixado em definitivo este mundo brabo nas terras do Japará.

Pouco antes de chegar a madrugada Vulcano Brás deixou de gemer, bater o queixo na febre alta e gritar. O rosto tomou uma cor pálida, os olhos crescidos como se quisessem sair das órbitas porque viram o horror de aparições tenebrosas. Figuras assombrosas ameaçaram-no durante as crises de nervos e convulsões fortes. Dançaram nas paredes do quarto, apareciam e desapareciam. Ele pediu à mulher a repetição para atirar nas visagens que não saíam do quarto.

"Vosmecê pensa que estou com medo, Filinto Vinhático? Bota a cabeça de fora, Agenor Cordeiro, pra receber tiro no peito! Não tenho medo de cara feia, Sizenando Amansa-Burro. Podem todos cuspir labaredas, xingamentos, cobras e lagartos. Venham, venham todos, tropa de vizinhos safados, fiquem sabendo que nunca tive medo de onça, cobra, lobisomem e caipora."

"Se for a morte disfarçada, mostre logo a sua foice, cuspa fogo com a língua amarela de fora, faça careta, que não tenho medo. Daqui da cama, um só minuto não arredo."

"Ô Edivina, mulher, traga logo a repetição, será que não está me ouvindo?"

"Cheguem, cheguem todos, que não vou errar um tiro..."

O corpo balançou para frente, para trás, pendeu de lado e deu o último suspiro. Edivina não conseguiu que ele bebesse o chá de capim-santo para atenuar a convulsão forte. Os lábios frouxos soltaram uma espuma verdosa, que desceu pelos cantos da boca e escorreu pelo queixo.

Os olhos azuis não se fecharam, ficaram como se estivessem olhando para alguma coisa estranha à frente deles. Talvez a pior das aparições, que seus olhos ainda viam, embora Vulcano Brás já estivesse morto.

As Últimas Ordens

As dores no peito aumentaram no último ano de sua vida. Numa dessas crises, ele chamou Edivina e falou que queria ser enterrado no cemitério da Vila do Pati. Cuidassem de colocar na sepultura o seu busto, para que todos se lembrassem dele, comentassem sobre suas andanças e audácias pelas terras do Japará. Morre o homem fica a fama. Era assim que se imaginava depois de morto, admirado em razão dos amplos domínios conquistados, coragem e pulso forte. Ordenou também que colocassem a repetição no seu caixão, não queria se separar da arma na derradeira viagem. A repetição sempre andou com ele em qualquer viagem, permanecia junto à cabeceira da cama, no canto do quarto, quando ia dormir.

Cortejo Fúnebre

Se Edivina tivesse forças, acompanharia os filhos, os jagunços e os roceiros no enterro que vai levar pelo mato o corpo de Vulcano Brás para o cemitério na Vila do Pati. As pernas não têm mais flexão nos joelhos para subir e montar no cavalo. As velhas pernas, que tanto caminharam ao lado dele por trilhas e atalhos, em grandes distâncias, não suportarão agora fazer o percurso que leva muitas horas da fazenda Boa Vista até a Vila do Pati.

Os homens no cortejo levam o caixão com o corpo de Vulcano Brás numa cama de lona. Descem a ladeira que dá acesso pela frente à casa-sede da fazenda Boa Vista. Vão contornar a Serra do Viradouro para evitar que o cortejo fúnebre atravesse o caminho estreito pela mata, onde paredões e grandes pedras nas encostas formam despenhadeiros escuros.

Olindo mostra-se resignado com a morte do pai, embora não chegue a compreender essa ordem que ele deu para ser enterrado na vila. Olívio com o rosto zangado por ter que caminhar algumas léguas apenas para cumprir os desígnios do pai de ser enterrado na vila.

Sua vontade era lei até depois de morto.

Urubus circulam abaixo das nuvens brancas. Com suas sombras na manhã ensolarada começam a acompanhar o cortejo, tendo à frente Olívio e Olindo, o vaqueiro Rogaciano e seu Malvino, homem idoso, acaboclado, encarregado de fiscalizar os trabalhadores nas roças de cacau de Vulcano Brás. Tinha a fama de ser um bom carapina. Foi ele quem fez o caixão para ser colocado o corpo de Vulcano Brás. Olhar sempre desconfiado, de pouco falar, mais ouvir, tornou-se compadre do falecido quando o filho Fabiano recebeu o batismo na vila, já homem feito. Foi a primeira vez que os roceiros deram com a cara de padre na vila. O altar para que fosse realizado o batismo de Fabiano e de outros meninos fora improvisado num dos armazéns de cacau de Vulcano Brás.

O padre veio da Vila de Taiobal em lombo de burro para fazer aquele batismo especial, pensando em aproveitar a ocasião para pregar a palavra do Cristo, o bem-amado salvador da humanidade, dando sua bênção àquele povo que certamente nunca tinha ouvido falar em Deus, o criador do mundo, o todo-poderoso e misericordioso. Era um padre novo, voz fina, gestos serenos. Usava um crucifixo por cima da batina.

Os roceiros acotovelaram-se no armazém de cacau. Homens, mulheres e velhos vestidos em trapos de roupas, meninos com suas figuras barrigudas e amarelas. O padre ficou perturbado com o que viu diante dele. Gaguejou durante o batizado várias vezes. Ficou nervoso quando os olhos se encontraram com o olhar sem vida daquela gente vestida numas roupas pobres, remendadas, rasgadas. Não demorou na Vila do Pati como havia pensado na semana. De retorno à Vila de Taiobal, enquanto o burro seguia no passo manso não saíam da cabeça as visões daquela gente com aspecto doentio. Perguntava-se por que Deus não havia passado naquelas bandas, permitindo que Satanás vivesse entre aquela gente infeliz e se apossasse de um pedaço do mundo.

Olívio, Olindo, vaqueiro Rogaciano e seu Malvino carregam agora a cama de lona com o corpo de Vulcano Brás no caixão. Fazem um esforço conjunto de ombros, braços e pernas para levar o caixão pesado com o defunto. Olívio prende o riso débil no rosto tomado de uma expressão de alívio porque sabe que, apesar de ser cansativa essa viagem pelo mato para enterrar o pai no cemitério da Vila do Pati, tem sua presteza. O último ato desse cortejo estranho vai acabar lá mesmo no cemitério, como tanto Olívio desejou, com Vulcano Brás deixando de ser o mandão de tudo que conquistou nas terras do Japará.

Ficara impaciente, sem entender como o pai, já fraco, com as dores sucessivas que atacavam o peito, conseguia nas crises resistir à morte. Vulcano Brás gritava, gemia, quando a doença atacava mais forte no peito. Combatia com a morte e não se entregava na porfia dura, em nenhum momento. Parecia não ser desigual para ele aquela luta feita de gemidos e gritos nos momentos mais terríveis.

Sempre pensou que iria ficar só pra ele todos os domínios conquistados por Vulcano Brás. Olindo não seria entrave para que tal não acontecesse. Quando o irmão estivesse numa daquelas crises de abestado a conversar sem prumo e rumo, que sempre acontecia em noite de lua cheia, ia trancá-lo no porão da casa-sede da fazenda Boa Vista. Lá ficasse, a pão e água, até que seu coração bondoso, manso, parasse de bater um dia. A mãe não seria também entrave para que conseguisse realizar seus intentos. Edivina já estava velha, com as pernas trôpegas nos chinelos gastos, não ia ter forças para comandar a sua meação nas terras deixadas com a morte de Vulcano Brás.

O que preocupava para que seus planos não dessem certos era justamente o vaqueiro Genaro. O peste não deixava de tramar e incitar o povo da vila para que caísse nas terras e pertences de Vulcano Brás como urubu na carniça. Tinha notícia dos passos dele com a gente que trabalhava nas roças através de Aparício Pança-Farta. Insistiu para que o pai mandasse eliminar o vaqueiro Genaro na tocaia, ele mesmo se ofereceu para fazer isso. O pai não dera importância aos seus apelos, sem querer enxergar o perigo que crescia na direção dele. Dizia: "Olívio, o momento pra acabar com a vida do vaqueiro Genaro não vai demorar, não se deve temer nada, essa gente vive sob meu jugo, come na minha mão e ainda diz que está tudo bom." Tomaí o que o pai queria, o vaqueiro Genaro não parava de empestear o povo da vila e conjurar com os roceiros. A revolta contra o mando de Vulcano Brás ia acontecer a qualquer dia. Assim que o pai fosse enterrado na vila do Pati, dava a ordem para os cabras, ali mesmo no cemitério: para que fossem acabar com a vida do vaqueiro Genaro. "Ai do peste que tente impedir isso."

Os homens andaram mais da metade do caminho, entre a fazenda Boa Vista e a Vila do Pati. No cortejo lento, difícil em alguns trechos do caminho, nenhum deles ousou se queixar de nada. Calados e submissos no cortejo como uma onda lenta a avançar pelo mato.Os carregadores da cama de lona com o caixão do morto revezam-se quando estão cansados.

Até que se aproximam do barranco onde o rio Joá desce ao largo, entre corredeiras fortes e redemoinhos grandes nas águas barrentas. Ali por causa da força das águas que descem ligeiras o rio só pode ser atravessado através da balsa.

Com dificuldade embarcam a cama de lona com o corpo de Vulcano Brás na balsa.

Quando um grupo de roceiros chega ao outro lado, Olívio ordena aos homens que tomem cuidado para que no desembarque o caixão com o morto não caia nas águas lambendo uma das margens do rio. Muitos são os homens que acompanham o cortejo levando o corpo de Vulcano Brás para ser enterrado no cemitério da Vila do Pati, muitas são as travessias do rio que fazem na balsa.

Após ser feito o desembarque de cabras e roceiros na outra margem do rio, Olívio escolhe novos carregadores para levar a cama com o corpo do pai, já pensando preocupado em alcançar a Vila do Pati antes que o sol descambe na Serra do Viradouro. É preciso então que o cortejo ande mais rápido.

"Seu Olívio, me dispense do resto da caminhada, as pernas não aguentam mais", o pedido do vaqueiro Rogaciano misturando humildade e medo. "Venho sofrendo de reumatismo ultimamente." Olívio responde que pior que carregar um morto numa caminhada braba é levar dois para o cemitério na vila, provocando sua observação uns risos tímidos entre os cabras e roceiros.

Moscas voam e pousam na tampa fechada do caixão com o morto. Zumbem entre os que estão no meio e no fundo do cortejo. Vêm e vão assanhadas nos voos que passam junto dos rostos dos que carregam a cama de lona pesada com o cadáver de Vulcano Brás.

Por onde passa o cortejo fúnebre deixa odores fétidos circulando nos ares da morte.

Enquanto retorna para a fazenda Boa Vista, pensando

acha o vaqueiro Rogaciano que a promessa que Vulcano Brás fez um dia para lhe dar um pedaço de chão não vai ser cumprida. No início roçava as capoeiras junto às roças de cacau, depois passou a quebrador dos frutos maduros nas rumas, por último vaqueiro.

Derrubou árvores grandes, fez esteios, tirou estacas, mourões e peças. Aviventou os marcos divisórios, fiscalizou as linhas confrontantes com os vizinhos em cada fazenda. Tornou-se ajudante de vaqueiro, tirador de leite, guia da boiada quando era para ser entregue para abate no matadouro das cidadezinhas.

Agora parece que está ouvindo Olívio dizer: "Vá, desenterre Vulcano Brás da cova, exija dele o seu pedaço de chão como paga de seus prestimosos serviços durante trinta anos de trabalho nas fazendas."

É se conformar, pois nessas léguas que Vulcano Brás mandou e desmandou, os que trabalharam para ele sempre nascem e morrem como um mato qualquer, pensa vaqueiro Rogaciano.

Avista as árvores grandes no começo da mata, ao pé da Serra do Viradouro, numa das extremidades do Vale das Garças. Os passos solitários pelo mato, desgostoso com os ruídos que ventos tristes lhe trouxeram nos pensamentos. Nem um cigarro feito de fumo picado na mão com o canivete, enrolado na palha e fechado com cuspe, tem para acender, fumar e sorver os pensamentos que se fixaram na mente com seus ares de desânimo e abandono.

De tal modo sem alento segue que não enxerga as capivaras tomando banho no ribeirão. Não escuta o canto dos pássaros nos galhos da ingazeira. Não percebe o bando de periquitos que passa no voo em algazarra acima de sua cabeça.

Vaqueiro Rogaciano é encoberto numa parte mais alta do capim.

Décima Parte

Temores e Tremores

Deitada na cama entre rumores e vagares de sombras. Vazio está o lugar que Vaqueiro Genaro dorme para reconfortar o corpo com o cheiro ativo de gado. Acostumou-se a sentir tal cheiro como uma coisa que faz bem e lhe traz mudos mugidos durante a noite do casebre em silêncio. Envolvia-lhe com suas ondas quentes como no aboio que, mansamente, chama as vacas pelo entardecer para que seja feito o aparte dos bezerros que vão dormir no curral, protegidos do perigo. Disseminava suspiros, luares de relva, tremores no monte de penugem de seu corpo, protegia à sombra quando o dia acontecia sob a chuva forte ou debaixo do sol causticante.

Temerosa no casebre, à procura de entender como foi que o vaqueiro Genaro encontrou coragem para chefiar os homens no levante. Ele havia dito que os homens estavam dispostos a enfrentar o despotismo de Vulcano Brás, "não tenha medo, dessa vez a gente vai tirar o freio da boca, a argola da venta, o chicote nas costas e a espora. na barriga." Deu-lhe em seguida a notícia de que os homens queriam ele como chefe do levante, ela então teve medo, pensou na morte a espreitar pelos cantos todos eles, de dia e de noite.

Ele se reunia com os homens por entre as camadas espessas da noite, no cemitério abandonado pelos índios na mata. Muitas vezes pernoitou por lá, cubava os planos, media as suas forças e as de Vulcano Brás com a jagunçada na Serra do Viradoouro. Apalpava o terreno adversário, traçava o mapa da travessia decisiva pelo Vale das Garças até encontrar o inimigo com a sua guarda armada por jagunços na fazenda Boa Vista.

"Que adianta fazer esta revolta, Genaro? O lado de Vulcano Brás sempre foi mais forte", ela ponderava. "A pior derrota é a daquele que não luta", ele retornava, insistindo que "onde ninguém faz nada contra Vulcano Brás só a vontade dele é a única que impera, e os que se agacham permanecem assim mesmo o tempo inteiro, trabalhando, trabalhando, sem nunca ter nada na vida."

Ele não gostava das observações que Almira fazia, embora ela soubesse também que os homens trabalhavam nos pertences de Vulcano Brás como o boi em caminho do matadouro, debaixo do olho e ferrão do que domina, monta em cavalo musculoso, bem tratado, tendo sorriso largo, chapéu de aba larga e terras que cada vez mais se alargam.

Arredia, cheia de medo, recuada da vida desde o dia que fora violentada e marcada a ferro quente por Olívio na coxa. Da marca gravada na coxa irradiavam-se vibrações e convulsões que chegavam entre pesadelos, misturando horas sofridas de sonhos confusos. Acordava com dores, retorcia-se no lado do corpo ferrado com um O na coxa.

Dor, dor, dor, grito, grito, grito. Duro clamor em boca com esgar a praguejar contra Olívio e os jagunços. As dores só passavam de queimar na coxa irradiando-se nos pontos mais remotos do corpo quando vô Isidro acabava de rezá-la sete vezes com galho de arruda. Defumava-lhe o corpo com baforadas de fumo tiradas do cachimbo de barro, molhava a marca do ferro na carne de Almira com água de infusão com alecrim, alfavaca e folha de laranjeira. Entoava sete vezes o canto bendito, que afastava de Almira pensamentos deixados por espíritos malignos: "*Valei-me, ó pai Oxalá, tenha pena de mim, tenha dó, a volta do mundo é grande, seu poder inda é maior...*" Vô Isidro cantava e rezava, rezava e cantava.

Dados do Espanto

Os olhos fitos no facão de muito uso pendurado por vaqueiro Genaro na cumeeira. Imagens dos homens na marcha chegam esmaecidas com o esforço que faz para saber em que parte do vale eles estão caminhando agora. Não viu sinal de reprovação nas frontes que erguidas passavam na marcha diante do casebre. Notou satisfação no olhar do Vaqueiro Genaro. Firmeza na feição do caçador Guinó, o peito ereto, as mãos nodosas levando a bandeira de guerra. Coragem no índio Camamu, orgulho estufado no jeito de marchar do tropeiro Julião. Todos eles caminhavam condensados de fúrias invisíveis, sentimentos pesados, dores armazenadas pelo rigor do tempo mesclado de suor e cardo.

Não desconheciam que arriscavam a vida com o fim de conquistar a terra para fazer que ela voltasse livre para os braços.

No tempo em que o pai prestou serviço a Vulcano Brás não faltou comida para eles. O passadio sem vexame na semana. Depois que Amadeu foi dispensado do trabalho, a fome voltou a se alojar no casebre. A situação piorou com a morte do pai. Sorte quando encontrava no mato alguma jaca madura ou cacho de bananas para quebrar o jejum, enfraquecendo o enjoo no estômago e a tonteira na cabeça.

Genaro já havia sido dispensado do serviço de vaqueiro quando passou a morar com ela. Aconteceu a despedida dele porque tirou um pedaço de carne da novilha que apareceu morta por mordida de cobra na serra. "Quem toma conta do alheio deve zelar e prestar contas ao dono. Quem não guarda bem as coisas pequenas do dono, até aquelas tidas sem valia, não dá conta das grandes. Novilha que morre mordida de cobra em meus pertences é pra ser mostrado o couro com meu ferro, depois ser salgada e vendida como charque na feira da Vila do Pati. Não tem sido este o procedimento há anos, vaqueiro Genaro? Ordem é ordem, respeito é bom e exijo. Deixe aí o que é meu agora, vá embora daqui com suas coisas."

Quando ele deixou de ser vaqueiro de Vulcano Brás, ainda era um homem forte, disposto, hábil na arte de campear o gado, outro como ele não havia ali por muitas léguas.

Uma mãozinha coça a barriga pesada de Almira. Daqui a um mês nasce outro filho para se juntar à irmã de quatro anos e ao irmão de oito, que gosta de tocar a flauta de osso de gavião, ora para imitar os pássaros, ora para tirar uma melodia doce na música bonita. É mais vexame para ela e vaqueiro Genaro outro filho, as necessidades aumentam a cada dia que passa e a criança cresce.

Acende outra vela para Santa Bárbara. Reza com fadiga, fome e sono. Terminada a reza, recolhe-se ao quarto e assim que começa a dormir vê no sonho a figura do vaqueiro Genaro como um guerreiro encourado à frente dos homens, na marcha batida pelo sol no Vale das Garças.

No dia lavado por forte claridade, o sol alumia as ferramentas de trabalho que os homens levam nos ombros como armas de combate.

Ela então sente no sonho que há rumores suspensos nas armas que os homens carregam, sinais duma coragem nascida pelas roças, pastos, capoeiras, serras e matas. Numa hora difícil para todos escuta um canto guerreiro, que brota da chuva que cai de repente no Vale das Garças, fecunda a terra e jorra intensa na fonte solidária do amor.

Canto sofrido propaga-se no desejo de querer banir a força que domina os outros, soterra vozes dos que em torno das rumas esgotam o sangue ate as últimas gotas.

Décima Primeira Parte

Ódio e Vingança

Os homens avançam na marcha pelo Vale das Garças, prevenidos com armas de todo tipo. Os corpos molhados de suor, os rostos de animal feroz em todos os trechos da caminhada. Pequena boiada assusta-se com a presença deles, que aparecem cantando alto. Os bois fogem em disparada para um dos cantos do pasto onde se dispersam. De repente vaqueiro Genaro para e, no morro, ordena que todos os homens se abaixem. Aperta os olhos e estende o olhar na direção de uma mancha cinzenta longe a descer vagarosa a ladeira. Não consegue identificar direito o que é aquela coisa andando como uma onda, deslocando-se aos poucos pela trilha do pasto.

Urubus espreitam do céu a mancha que se movimenta pelo verde do pasto. Ordena que os homens dispersem-se aos grupos, escondam-se na capoeira grossa e numa grota perto. Manda que o índio Camamu vá à frente com cuidado, explore o terreno adversário, procure identificar depressa o que é aquela coisa grande, que, em sua aparição difusa, oscila pela trilha do pasto.

O índio Camamu consegue perceber do alto da árvore que aquela mancha enorme a avançar pelo meio do pasto é um ajuntamento de gente, formado por cabras e roceiros. Uma cama de lona está sendo carregada por quatro homens à frente com alguma coisa pesada dentro. Desce ligeiro da árvore e corre para contar ao vaqueiro Genaro o que tinha visto.

Pensando acha que aquele ajuntamento de gente pode ser o enterro do próprio Vulcano Brás. Os filhos dele devem estar no meio daquela gente. O corpo dele vem sendo carregado num caixão posto na cama de lona para ser enterrado no cemitério da Vila do Pati. Ele não tinha conseguido dessa vez vencer a doença que sufocava o peito, fazendo-o gritar e gemer nas crises fortes. Tudo acontecia como Aparício Pança-Farta havia informado no armazém quando ele foi comprar a munição das armas de fogo.

Manda o índio Camamu avisar aos homens que permaneçam nos esconderijos, calados e quietos.

Imóveis, respiração abafada. Silêncio pegajoso em cada peito. Dedos firmes no cabo das armas ou no gatilho. Vaqueiro Genaro pensa em tirar proveito da situação que a sorte de repente lhe trouxe sem que ele esperasse por isso. Quando ele der o primeiro tiro, aí então é para todos os homens nos esconderijos descarregarem saraivadas de bala naqueles pestes desprevenidos.

Perscruta os homens escondidos como ele numa vala perto do cedro. Espingardas e repetições roçam os rostos atentos. Ninguém percebe o que se passa no céu acima deles. O bem-te-vi persegue um gavião bicando-o na cabeça, afugentando a ave de rapina para longe do ninho feito na copa do cedro.

Noutra grota maior, um grupo de homens aguarda o momento para combater os cabras, corpo a corpo, usando, nos lances e golpes firmes, estrovenga, ferrão, facão, enxada e pedaço de ferro.

Enquanto não chega o momento de atacar a gente de Vulcano Brás, vaqueiro Genaro fica lembrando a desavença que teve o pai com o vizinho Sizenando Amansa-Burro.

Vulcano Brás tirou proveito daquela encrenca entre vizinhos. Ventos de ódio e vingança circulam céleres na memória.

... o pai Agenor Cordeiro e Sizenando Amansa-Burro tinham suas roças nas cercanias do Vila do Pati e Vulcano Brás queria possuir aquelas duas roças pra aumentar seus domínios em volta da Vila do Pati de canto a canto se ofereceu como mediador da desavença e não demorou em comprar a fazenda de Sizenando Amansa-Burro por um preço razoável e de imediato voltou-se na direção da fazenda Água Clara querendo comprá-la a todo custo e o pai resistiu ao cerco como pode nunca havia pensado em se desfazer da sua roça falava em ser enterrado lá mesmo e o corpo dele foi encontrado todo queimado no meio dos cacaueiros reduzidos a cinzas e o povo da vila falou que ali naquele fogo tinha o dedo de Vulcano Brás ele era ainda um menino guardando esses anos todos o que o povo disse sobre a morte do pai e a pobre da mãe não aguentou viver sem o pai morrendo de desgosto ele teve que aprender as artes de lidar com o gado pra sobreviver naqueles longes do Japará desde pequeno bulia no sangue a vontade de ser vaqueiro já rapaz tornou-se um vaqueiro completo sabendo curar com remédio do mato qualquer doença na rês guiava bem uma boiada com o berrante afamado juntava no aboio sereno as reses que andavam espalhadas nos pastos distantes aí então um dia foi contratado pra trabalhar nas fazendas de Vulcano Brás pra cuidar dos rebanhos de primeiro não queria isso por cisma terminou aceitando ser vaqueiro do mandão de tudo naquelas bandas isso fez durante anos muito zeloso até que foi despedido porque tirou um pedaço de carne de novilha morta por mordida de cobra...

A Terra Abalada

Apura os ouvidos tentando identificar algumas vozes que saem embaralhadas do cortejo fúnebre. Ruídos são trazidos de lá pelo vento. O cortejo vem se aproximando do local onde ele e alguns de seus homens estão escondidos. Parece que Olívio é o que fala mais alto, ora xingando, ora esbravejando. A sua voz forte quer que os homens andem nos passos ligeiros. "Vamos logo, nesse passo miúdo a gente vai chegar de noite no cemitério."

Pela quantidade de jagunços, mais de cem, vaqueiro Genaro acha que a munição das armas de fogo vai acabar cedo. A refrega terminará no corpo a corpo, já havia imaginado isso na vila, antes de sair com os homens na marcha.

O primeiro tiro dado por ele puxa uma saraivada de balas descarregada pelos roceiros nos esconderijos. Olindo e Olívio são os primeiros que caem com os balaços no peito. Juntamente com eles tombam os que carregavam a cama de lona com o corpo do morto no caixão. Foram atingidos na cabeça. Nervosos e atônitos, os jagunços caem no chão tentando se proteger de outros tiros: as armas engatilhadas, enraivecidos. Não sabem como se desvencilhar da emboscada em que caíram. Alguns deles fazem da cama de lona e do caixão com o corpo de Vulcano Brás anteparo às balas que zunem sem cessar. Espocam, atravessam o caixão, brocam as carnes podres do morto como se fossem murros num saco de areia. Afoitos, alguns roceiros tentam sair dos esconderijos, logo recuam nos primeiros movimentos. Os jagunços atiram sem parar, procurando alvejá-los. Vaqueiro Genaro exaspera-se com os roceiros que tentam sair dos esconderijos. Alerta, grita, encoraja.

Os tiros ecoam longe. Pipocos alcançam as encostas da Serra do Viradouro, perdem-se nas grotas distantes como ruídos de galhos secos quebrados por pés pesados. Fogo cospe fogo, os homens cada vez mais enfurecidos na refrega, tanto de um lado como do outro. Muitos deles estão escondidos por trás dos pequenos morros espalhados na terra coberta de capim.

De tal modo sem cessar é a troca de tiros que não percebem a tarde descambando na Serra do Viradouro, o sol sendo engolido por trás das árvores grandes.

A noite que começa a aparecer na Serra do Virote com uma lua vermelha impõe uma trégua no combate.

Vaqueiro Genaro sabe que a munição das armas de fogo está prestes a terminar, tornando difícil que a vitória penda para o seu lado. E uns tiros, sem parar, que saem de um dos lados dos cabras, escondidos nas pedras, deixam no seu rosto sinais visíveis de preocupação quanto ao desfecho da refrega. Certamente atiram para saber os pontos estratégicos que acobertam os homens comandados por ele. Não há resposta por parte dele nem de seus homens aos tiros que os cabras desferem.

Vento frio em começo de noite atravessa o vale, assovia por entre as touceiras altas do capim. Acovardados no combate, de repente dois cabras saem de seus esconderijos, correm apressados na direção do rio Joá. Os vultos tropeçam na fuga apavorada, caindo aos gritos quando são atingidos por uma saraivada de tiros desferidos no lado de lá dos cabras. "Daqueles dois pestes a gente está livre, tiveram o merecido", pensa vaqueiro Genaro, com a repetição roçando o queixo.

O fogo deixa de cantar no Vale das Garças pelo resto da noite.

Vozes estranhas povoam a natureza que exala miasmas das águas dormentes. Misturam-se nos odores característicos da terra milenar. E o cricrilar dos grilos que não cessa perfura o silêncio dos homens comandados por vaqueiro Genaro naquilo que eles têm de mais doloroso e profundo. Naquelas paredes da consciência que não precisa pensar muito para saber que qualquer vivente só é fera neste mundo quando mora na casa que não lhe pertence, na terra do outro que ele semeia, sem que tire qualquer proveito.

A noite prossegue cheia de tons lúgubres. Sapos e rãs pontilham sons misteriosos nas águas paradas. E tudo assim desolado e oculto pela escuridão da noite derrama mais sombras de incerteza na alma de vaqueiro Genaro e de cada homem que ele comanda.

Sapos, rãs, grilos e corujas. A natureza e sua orquestra milenar fazem ruídos que não param enquanto dura a noite.

Vento áspero, que sopra como lâmina afiada, de novo circula quando o dia amanhece. Neblina forte esgarça-se sobre o Vale das Garças. Desenha espectros acima do rio Joá a dar voltas no leito como uma cobra, tendo agora a pele prateada com os raios de sol que resvalam nela.

Todos os cabras resolvem sair detrás das pedras grandes. Assim decididos, tentam desentocar os homens comandados pelo vaqueiro Genaro, encobertos nas touceiras grandes de capim, matões e grotas. E numa onda raivosa aparecem com o riso débil a brilhar no rosto feio, convencidos de que os homens comandados por vaqueiro Genaro já não possuem a munição de boca suficiente para acionar as armas de fogo, por isso mesmo vão ser presa fácil no restante do combate.

É quando todos os cabras escutam a ordem que sai de uma voz enfurecida. Um grito que atravessa as camadas de ar no seu tom ameaçador, freando-lhes o ímpeto quando bate nos ouvidos:

"F-E-R-R-O-N-O-S-P-E-S-T-E-S!"

Vaqueiro Genaro e seus homens ferem-se na terra úmida, rasgam a pele nas folhas de capim, tocos, espinhos, pedregulhos. Sentem, nessa hora decisiva do combate, um coração enorme prestes a explodir da terra porque no rastejar sobre o chão orvalhado movem-se com uma raiva nunca vista neles. O sangue deles lateja veias e nervos. Uma febre alta queima todos os membros do corpo.

Há um tremor neles que vem das entranhas da terra para fazê-los transpor até as muralhas do inferno.

O tiroteio irrompe do meio dos cabras, a refrega recomeça ainda mais embrutecida. O vaqueiro Genaro sempre à frente, junto dele o índio Camamu, o caçador Guinó e o tropeiro Julião. Um pouco atrás deles três, os grupos de homens deslizam na terra como cobras assanhadas. Eles se levantam rapidamente e, aos gritos, precipitam-se para cima dos cabras. Brandem machado, estrovenga, foice, enxada, ferrão e pedaço de ferro. Tudo que se possa imaginar pontiagudo, afiado, que corta, fere e decepa. E a cortar por todos os lados, furar sem dó, fazem correr o sangue na terra.

Ciranda de Dor

A cabeça pesada, peito, mãos, pernas. Sente o corpo com dificuldade em se comunicar com um dos braços. Abre os olhos como se viesse de um sono demorado com sonhos tenebrosos comprimindo todas as partes do corpo. Então escuta murmúrios e gemidos por entre as camadas da noite. Vê de novo uma lua cor de sangue acima da Serra do Virote. Os dedos doloridos torcem uma touceira de capim enquanto escuta os homens murmurarem o canto triste junto das fogueiras perto dele.

Mais parece delírio o canto porque escorre lento e sofrido, o vento não lambe em sua entonação salpicada com dó e lágrima. Canto que desenha sílabas de fogo no dorso da noite, chega fermentado e pisado pelo tempo em torno das rumas, magoado no aboio que chama o gado espalhado nos pastos distantes. Vem das mãos crespas do vaqueiro Genaro, que jogam o laço certeiro e sempre conseguem dominar o touro enfurecido. É o mesmo canto que velhos, mulheres e meninos da Vila do Pati conhecem com seus rostos de fome enquanto o tempo das safras generosas passam longe deles. Canto que ofende a noite e escorre num caldo grosso feito de lembranças amargas, semanas num calendário marcado de tristezas.

O brilho da noite com a lua vermelha vai se desfazendo aos poucos. Nuvens escuras que chegam da Serra do Virote apagam as estrelas e trazem a princípio uma chuva fina. O vento sopra forte e aumenta o frio que bafeja seres e coisas por todos os cantos do Vale das Garças. A chuva ganha força, ventos encorpam-se e passam agitados como se fossem derrubar até as árvores grandes. Cortado por trovoada e relâmpago, o aguaceiro que cai das trevas lava o sangue dos homens que correu na terra. Ensopa os corpos dos cabras e roceiros abatidos, misturados no lugar onde se deu a última parte do combate.

A terra esconde-se sob as camadas de névoa no frio da madrugada. Os homens que vaqueiro Genaro comandou vão ser enterrados como guerreiros. O trabalho para enterrá-los será penoso e cansativo. É preciso que venha gente da Vila do Pati para ajudar nessa tarefa. Ordena que alguns homens sigam à frente para trazer essa ajuda o mais rápido.

Vaqueiro Genaro vê que aqueles rostos de fadiga e fome ao redor dele parecem um único rosto, numa hora só, numa lágrima enorme, de tão densa e inchada, a escorrer lamento pelos que vão ficar para sempre no Vale das Garças, mas que jamais serão esquecidos.

De pontos diferentes, dois homens surgem de repente no dia marcado de cadáveres espalhados pelo Vale das Garças. De um lado, olhar de espanto, o vaqueiro Rogaciano a caminhar com dificuldade por entre os cadáveres dos cabras. Do outro, desengonçado na sela, Aparício Pança-Farta a cutucar com a espora a barriga do burro cabano.

Aparício Pança-Farta desvia-se dos cadáveres dos filhos de Vulcano Brás: Olívio com a boca que come a terra numa liga feita de lama e sangue, Olindo como se estivesse dormindo num sono manso. "O preço pela liberdade neste tipo de combate não poupa nem o inocente. Morre gente que não faz mal a uma mosca", pensa Aparício Pança-Farta, depois de olhar e deixar para trás o cadáver de Olindo.

Os braços puxam afobação na madrugada fria, o corpo gingando na sela. Aparício Pança-Farta não consegue fazer com que o burro ande ligeiro por mais que bata com a vara nas ancas e cutuque a barriga com a espora.

Para junto do vaqueiro Genaro e dos roceiros ao redor dele, Aparício Pança-Farta vem cantando:

Que faça sol ou faça chuva
Viva a vida boa e justa
Tendo sempre a seu favor
Tanto o amor como a flor pura.

Que faça sol ou faça chuva
Viva a vida boa e justa
Inocente na sua dor
Mas sobrada de valor.

Décima Segunda Parte

Relação Não Oficial dos Mortos

Julião (tropeiro), Maneca Vigário (roceiro), Quico Cepo (açougueiro), Carlito Cachaça (roceiro), Jacareci (cesteiro), Zeca Patuca (carpinteiro), Pedro Macaco (roceiro), Zé Marreta (calceteiro), Zuca Saruabo (sanfoneiro), Maria Pendanga (tiradoura de leite), Arnóbio Catroca (rabequista), Deco de Ana (armeiro), Zé Pequeno (areeiro), Zito Estrovenga (roceiro), Jovino Pitu (pescador), Honório Quero-Quero (roceiro), Dunga Gavião (mateiro), Tonho Taboca (machadeiro), Deodoro Conselheiro (biqueiro), Januário de Ziza (cerqueiro), Jafé do Couro (curtidor), Beca da Baixada (machadeiro), Rudival da Mata Virgem (serrador), Bilu Pixixica (roceiro), Nego Canguçu (roceiro), Beto Cotó (feirante), João Grande (ferreiro), Zé do Amor Divino (pedreiro), Pio Popó (vaqueiro), Zarilho Curió (roceiro), Vitor Baú (dono da casa de farinha), Azanias (carvoeiro), Malazarte (barcaceiro), Zô Sopapo (amansador de burro), Tão-Anão (ajudante de vaqueiro), Filomeno (roceiro), Chico Mentiroso (cantador), Pisa-Mansinho (violeiro), Nego Capoeira (roceiro), Bibiano Beato (rezador), Neco Careca (seleiro), Miro Marimbondo (feirante), Terto Caipora (roceiro), Zenão Baluê (raízeiro), Teu-Teu Bocapio (roceiro), Benevenuto Cantuária de Jesus (feirante), Zé Checo (roceiro), Zito Bacamarte (seleiro).

Maria Pendanga

Nunca conheceu os pais. Era lenhador o pai Salatiel, respeitado pelo povo da Vila do Pati como o melhor para derrubar árvore grande com o machado nas matas do Japará. Certa vez tinha ido derrubar um jequitibá seco. No segundo golpe que desferiu com o machado no jequitibá seco, um galho grosso despencou lá do alto e veio bater na cabeça dele. Ali mesmo tombou estrebuchando, a cabeça com os miolos de fora, os olhos graúdos não enxergando mais o mundo.

Quando o pai morreu, ela estava na barriga da mãe, fazia pouco mais de sete meses. A mãe Firmina ficou tão atordoada quando soube da morte do lenhador Salatiel que desmaiou ali mesmo na porta do casebre. Teve as dores do parto semana depois do enterro de seu homem, a criança nasceu fora do peso de uma gestação normal.

Tinha pouco mais de seis meses de nascida quando a mãe foi atacada da febre de impaludismo. A doença fez secar o leite, a mãe ficou sem poder amamentar a criança. Acabou morrendo, depois de tremer algumas semanas com a febre do impaludismo, na cama de vara. Antes de morrer, ela pediu a vô Isidro que tomasse conta da criança. Não deixasse que a filha padecesse neste mundo bruto das terras do Japará onde o filho chora quando tem fome e a mãe nada pode fazer para acabar com o choro.

Não precisava fazer aquele pedido, vô Isidro era quem abrigava em seu casebre as crianças que ficavam sem pai e mãe na Vila do Pati. Alguns dos meninos criados pelo velho curandeiro foram tentar ganhar a vida na cidade distante quando cresceram e a sombra do bigode começava a aparecer no lábio superior. Dois deles levavam a vida em Belmontina como carregador de bagagem dos passageiros que desembarcavam do trem na estação ferroviária. O filho do arrieiro Lalau teve mais sorte. Aprendeu o ofício de sapateiro e abriu sua tenda num beco próximo da feira. Mas a maioria daqueles meninos criados pelo vô Isidro sabe Deus como ficava ali mesmo trabalhando nos pertences de Vulcano Brás quando já estavam com as feições de homem.

Devia ter uns dez anos de idade Maria Pendanga quando Abelardo Pança-Farta entregou a filha dele para que vô Isidro cuidasse dela. Ela se afeiçoou tanto à filha de Abelardo Pança-Farta que parecia uma irmã mais velha, cuidando da mais nova com todo zelo. Pegou um periquito na visgueira que armou no pé de jaca e disse que era pra Nininha brincar com ele pelo casebre quando estivesse manso, como se fosse um brinquedo vivo.

Maria Pendanga cresceu com jeito de homem, chamando a atenção dos que moravam na Vila do Pati. O buço sombreava o lábio superior, os braços fortes, os quadris firmes. Tinha uma inflexão impositiva na voz um pouco grossa para uma moça de sua idade. Encarava os homens da vila sempre de rosto fechado. Aparava os cabelos, deixando-os no corte rente. De mulher o corpo mostrava-se nos seios e no sexo como Deus tinha dado a cada fêmea no mundo.

Manejava o machado como um homem. Cortava o mato com o facão melhor que um homem. Melhor do que ela para pegar o boi no laço só mesmo o vaqueiro Genaro. Tiradeira de leite das vacas para fazer inveja a qualquer homem.

Amansava burro brabo causando espanto a quem visse. Montava no animal que saía aos pulos. Aguentava-se na sela com firmeza, sem nada temer. O animal botava fogo pelas ventas, às vezes disparava sem querer obedecer ao comando de Maria Pendanga. Até que se rendia, ela puxava a rédea para onde bem quisesse, ora para a esquerda ora para a direita.

Aprendeu a atirar com espingarda, em pouco tempo não errava um tiro ao abater a caça.

Quando soube da maldade que Vulcano Brás tinha feito com Nininha, tirando os tampos da virgindade dela na casa-sede da fazenda Boa Vista, Maria Pendanga perdeu a fala, o sono e a fome. Mordia os lábios com raiva, endurecia os punhos como se fosse esmurrar alguém que ela jurava espancar um dia. E mais jurava nos pensamentos que um dia ia tirar a desforra em Vulcano Brás pelo mal-feito que tinha cometido em Nininha.

Era a primeira a chegar a cada reunião que vaqueiro Genaro fazia com os homens no cemitério abandonado dos índios. Fazia o café, esquentava-o e dava na caneca para os homens aquecerem o peito. Era a última a sair quando a reunião terminava, acompanhando o Vaqueiro Genaro na noite escura martelada pelo coaxar dos sapos.

Foi a única mulher da vila que o vaqueiro Genaro consentiu que participasse do levante.

Quando os homens de Vaqueiro Genaro lutaram no corpo a corpo com os jagunços de Vulcano Brás, ela foi a primeira a sair do esconderijo por trás de uma pedra grande. Correu em disparada, mais veloz que o vento, empunhando o facão amolado, que alumiava com os raios de sol resvalando na lâmina. Saltou no meio dos jagunços como se fosse uma onça das mais enfezadas. Feriu e matou vários jagunços, não se cansava em desferir golpes sucessivos com o facão. Até que rodopiou e caiu, sem largar o facão, com o tiro que lhe deram no pescoço. A bala atravessou a garganta.

Arco do Triunfo

As mulheres colocaram um arco feito de palmas de pati na entrada da vila. Enfeitaram a praça, as ruas e os becos com bandeirolas. Penduraram balõezinhos de várias cores nos cordões estirados de uma parede a outra de cada casebre. Meninos e meninas colheram margaridas nos barrancos do rio Joá.

O filho de vaqueiro Genaro, o menino que tirou uma música sofrida na flauta de osso de gavião quando os homens passaram na marcha, rumo ao Vale das Garças, vem correndo para avisar que eles já estão se aproximando.

E eles aparecem na ladeira, os feridos quase se arrastando, alguns se apoiando nos ombros dos outros. Um grupo deles com espingarda e bornal a tiracolo, outro com facão e machado na mão. Aqueles que não sofreram ferimentos graves trazem enxada ou foice no ombro.

E entram cantando na Vila do Pati, vaqueiro Genaro sustenta a bandeira vermelha que tremula com o vento da tarde, o peito coberto por sua armadura de couro. O índio Camamu ao seu lado, com o cocar de penas de arara na cabeça e, do outro, o caçador Guinó, o peito vestido na pele de onça.

Dá para sentir na expressão dos rostos cansados que a canção que eles cantam fala da vitória como chuva batendo na terra generosa, a brotar com rações e água abundante. para todos. À frente dos homens, vaqueiro Genaro agradece os cumprimentos, mostra aos rostos de espanto a bandeira que tremula com a inscrição TERRA DE TODOS.

O desfile da legião de guerreiros aumenta com mulheres, meninos e velhos, que vêm se juntar a eles na cauda do cortejo. E margaridas são jogadas e caem no meio deles, palmas ressoam sem cessar, traduzindo a gratidão dos que sabem como é bom haver os que pensam sobre criaturas repugnadas como bichos, tendo no âmago coisas que flagelam com o suor derramado pelas roças e escampos. Gestos gastos de varrer as cinzas da vida, assim impressa de nódoas na velha queixa daquilo que sobra como sombras.

E saudações com aplausos e vivas continuam na praça aglomerada de pessoas. Há choro comovente, vozes tristes misturadas com a saudade pelos que ficaram para sempre no Vale das Garças.

Meninos e meninas entregam margaridas aos feridos. Almira coloca a coroa de flores silvestres na cabeça do vaqueiro Genaro. Um herói. Um anjo que desceu do céu. O libertador dos humilhados e ofendidos no território do Japará.

Ela tem os olhos assustados, o corpo treme como o de uma menina inocente.

Cantoria do Cego na Feira

Das vastidões de Vulcano Brás
Os homens foram chegando,
A vitória batia no coração,
Vaqueiro Genaro na frente,
Mostrava os ares valentes
Contra os erros do cambão.

Começou a chegar mais gente
Em levas do agreste sertão
Depois daquela revolta
Pra fazer do Pati no braço
Cidade na lei dos livres
Onde todos são irmãos.

Onde o suor derramado
No duro trabalho diário
É fruto feito pra todos,
Vale mais que o desterro
E o açoite na madrugada
Dos que morrem como cão.

FIM

Posfácio

REVISITANDO OS CAMINHOS DA FICÇÃO DE CYRO DE MATTOS [1*]

Por Nelly Novaes Coelho [2**]

> [...] todas as nossas obras não passam de um esforço desesperado para dizermos o indizível. (Merleau-Ponty)

Essa afirmação do fenomenólogo francês (uma das lúcidas vozes da Filosofia contemporânea) nos veio à lembrança, ao revisitarmos a obra novelesca que Cyro de Mattos vem construindo e reconstruindo há quase meio século de incessante produção, consagrada pela Crítica, reconhecida além fronteiras e detentora de vários prêmios significativos.

Obra de húmus trágico regionalista, pertencente à saga cacaueira do Sul da Bahia, desde seus inícios tateantes, nos idos de sessenta, ela surge atraída por dois polos contrastantes: o da *problemática regional* (a terra) e o dos *meandros do universal* (o homem). Em *Berro de fogo* (1966), seu livro de estreia, já se anuncia essa dupla problemática: *a regional* (empenho em denunciar a decadente engrenagem econômica cacaueira dominada pelo "Coronelismo") e, ao mesmo tempo, *a existencial* (sondagem dos avessos do homem

1 * Texto-homenagem aos 40 anos (1966-2006) da carreira literária de Cyro de Mattos, extraído do livro "Escritores Brasileiros do Século XX — Um Testamento Crítico", de Nelly Novaes Coelho (Letr*a*S*e*lvagem, Taubaté, SP, 2013).

2 ** Professora Titular de Literatura Portuguesa da Universidade de São Paulo (USP), ensaísta, crítica literária e conferencista de expressão internacional, com vasta e profunda contribuição à Literatura Brasileira.

que ali vive ou desvive). O momento era de profusão de caminhos entrecruzados.

Pertencente à Geração dos Anos Sessenta — a que surge no pós-Guerra Fria (pós-apocalipse Hiroshima/Nagasaki) —, Cyro de Mattos, ao buscar seu caminho de escritor, enfrentou a turbulência cultural da época. Com a falência definitiva das ideologias e valores consagrados pela tradição cristã/liberal/burguesa (falência pós-Darwin e "pós-morte de Deus"), cruzavam-se no campo da criação literária as mais díspares propostas e experimentalismos, em busca de uma Nova Ordem ou pondo a nu a desagregação das antigas certezas. Nascia o *homo tragicus*.

Entre nós o grande romance regionalista, dos anos 1930/40, chegara ao apogeu e entrava no ocaso, mas sua matéria-prima continuava mais impositiva do que nunca. Era urgente que, através de uma Nova Ótica, fossem redescobertos problemas vitais da realidade brasileira e que, embora detectados, continuavam em aberto: a terra e suas peculiaridades regionais, a sociedade patriarcal em decadência, o choque de classes, o embate entre tradição e modernização. A Nova Ótica surgiria no imediato pós-guerra (1946-1956). Nas raízes do amálgama telúrico/social, descobre-se o Homem — criador/criatura da vida em contínuo fazer-se/desfazer-se/refazer-se.

Para além da influência poderosa do americano Faulkner, "estranho profeta dos trágicos tempos modernos" (como Gide o definiu), misturavam-se, no caldo cultural brasileiro, as vozes de seus companheiros de geração (a dos anos 1920/30, pós I Guerra Mundial): Steinbeck, Hemingway, Dos Passos... com a do onipresente russo Dostoievski (espécie de húmus do romance moderno ocidental). Em Minas Gerais, Guimarães Rosa surgiria com os contos de *Sagarana* (voz do "homo ludens"), e, na Bahia, Adonias Filho, com o romance faulkneriano *Servos da morte* (voz do "homo tragicus"). Em Goiás, pouco antes, em 1944, o humanismo doloroso de Bernardo Élis se revela nos contos *Ermos e Gerais*. No Rio de Janeiro, Clarice Lispector surge com o romance *Perto do coração selvagem* e abre a "caixa de Pandora" do Existencialismo heideggeriano — que descobre o homem como um *ser-feito-de-tempo* (substituindo o de Sartre que, na Europa da II Guerra, definira o homem como um *ser-para-a-morte*). Nesse momento o argentino/europeu Jorge Luis Borges publicava os jogos linguísticos/fantásticos de *Ficciones* — obra que só chegaria ao leitor brasileiro com a "onda latino-americana" (Cortázar, García Márquez, Vargas Llosa...), a partir dos anos 1950/60. O caminho fora aberto para a eclosão da saga-impacto de Guimarães Rosa, *Grande sertão: veredas* (1956), que vinha revolucionar o mundo do romance brasileiro, com um regionalismo de raízes metafísicas. A partir dos anos 60/70, diante do mundo fragmentado que desafia os escritores a retê-lo na rede das palavras, impõe-se a prosa narrativa e, principalmente, a forma breve do conto — *fragmento* que, pela síntese, deixa entrever a essencialidade do *todo*. São dessa natureza as histórias de Cyro de Mattos.

Berro de fogo

Em meio a essa heterogênea atmosfera cultural/literária (e a instauração dramática do Governo Militar no país), Cyro de Mattos, ao buscar caminho próprio para testemunhar o seu tempo/seu mundo/sua gente, centra-se na realidade à sua volta: a da crise em que mergulhara a região cacaueira grapiúna; os conchavos políticos; o Coronelismo, como Sistema baseado na exploração dos desvalidos pelos poderosos, e a tragicidade inerente ao ser humano, pois, independentemente de sua posição social, riqueza ou pobreza, seu destino final é o fracasso e a morte.

Dentro do regional, o Escritor buscava o universal. Oscilando entre a narrativa realista/linear e a narrativa fragmentada pós-moderna, escreve os contos reunidos em *Berro de fogo*, seu livro de estreia, em 1966. Obra imatura, quanto à definição de sua temática-eixo e estilo, mas já expressando uma linguagem própria, embora ainda oscilando quanto ao seu tônus definitivo. Nela já se fazem presentes as linhas de força que através dos anos iriam alicerçar o universo que vem sendo construído pelo Autor: a condição trágica do ser humano (ser-para-morte); a visceral relação (fraterna ou indiferente) Homem/Natureza e a Vontade de Poder que transforma o homem em lobo-do-homem. (Linhas-de-força que, a partir dos anos 80, vão sendo atenuadas em sua dramaticidade e abrindo espaço para um Novo Humanismo e poeticidade.)

Na apresentação desse volume de estreia, Hélio Pólvora menciona a fusão, feita pelo Escritor, das "duas correntes do moderno conto brasileiro — o esteticismo e o regionalismo —, que ele funde na mesma forja e lhes dá um tempero bem pessoal". E enfatizando o grande lastro emocional ali patente, define-o como peculiaridade do Autor: "[...] sente-se nele a vontade de escrever e a paixão de escrever. Por isso seus contos trazem a marca de coisas sofridas, pensadas, remoídas, cristalizadas."

Sem dúvida, essa fusão de "vontade e paixão" é o motor primeiro, que dinamiza o trágico mundo que vem sendo criado pelo Autor, através dos anos e de sua obsessiva luta com a palavra que deve expressá-lo. Vontade e Paixão que levam a algo singular: a reescrita ou reinvenção de contos já publicados e que, recriados em nova linguagem e atmosfera, são republicados em novos volumes subsequentes àquele em que surgiram. É o que acontece com vários contos desse livro de estreia: reaparecerão, mais tarde, em novas coletâneas do Autor.

A epígrafe faulkneriana

> O velho recompusera-se do seu deboche, regressando de novo às margens. (William Faulkner)

Essa citação posta na abertura do volume alerta o "leitor atento" para algo que ele não vai encontrar com evidência nos contos: a latente "afinidade eletiva" do Autor com o mundo trágico e labiríntico de Faulkner.

Citação que, não sendo completada, tal como inscrita no original americano ("[...] o velho Rio rodopiando placidamente em direção ao mar"), permanece enigmática para o leitor não familiarizado com o romance faulkneriano. Enigma (talvez intencional no Autor) que também não lhe é esclarecido, em nenhum dos contos ali reunidos, e o impede de descobrir que "o velho", ali referido, não é um homem, mas sim o Rio Mississipi que, no sul dos Estados Unidos, é chamado popularmente como "the old man". Apelido que Faulkner deu, como título, a um de seus contos mais famosos, *The old man*, cuja ação se passa durante a grande cheia do Mississipi, em 1927. E, em essência, é uma alegoria da dura luta do homem para vencer os obstáculos que a Vida opõe à sua plena realização existencial. Essa singular "circunstância faulkneriana" (que marca sua "iniciação" como Autor), sem dúvida, em seu espírito, estaria ligada ao Rio Cachoeira de sua terra, e que aparece, quase personagem, no conto "Mirante". Com essa epígrafe de Faulkner, Cyro de Mattos apontava, sibilinamente, para sua identificação com a visão de mundo do genial/apocalíptico mestre do romance americano, na medida em que o universo por ele criado no pós-I Guerra (1914-18) ressurgia, quase trinta anos depois, como uma espécie de síntese do caos em que o mundo pós-Guerra Fria (1956) mergulhara: *visão fatalista do homem* (joguete de forças desagregadoras), somadas a uma funda consciência da ligação cósmica Homem-Natureza e a visão do Homem-como lobo-do-homem.

A velada alusão ao "rio" — que está implícita na epígrafe faulkneriana —, lida hoje há anos de distância, revela que, em sua estreia, Cyro de Mattos já estava de posse da problemática existencial que serviria de húmus à sua criação futura. A funda relação (benéfica ou maléfica) Homem-Rio (ou Homem/Natureza) é uma das constantes de sua Ficção e, principalmente, da Poesia, que ele passa a criar a partir dos anos 1980, mas já dentro de uma outra atmosfera: luminosa, em lugar de sombria. Sua sintonia inicial com o universo trágico de Faulkner se deveu, sem dúvida, à coincidência de visão de mundo — a do homem-sem-saída, num mundo em desagregação, no qual o *antigo* já se esgotara em sua seiva construtiva, mas continuava a se impor como Sistema, e o *novo* que forçava caminho, pondo em questão as antigas estruturas, mas ainda longe de se transformar em Sistema. Mundo decadente que, entre nós, fora denunciado pelo grande Romance do Nordeste de 1930.

De modo ainda incipiente, é essa complexa problemática que energiza os contos de seu livro de estreia e que, ao longo destes quarenta anos de labor contínuo, crescente domínio estilístico e aprofundamento existencial, o Autor foi reelaborando até chegar à forma plena da problemática que alicerça a sua obra. Na verdade, o tema-eixo da epígrafe faulkneriana — a metafórica relação homem/rio —, fincara raízes no espírito do escritor e, logo mais, em 1968, estaria transformado no doloroso conto "O Velho e o Rio" que, traduzido, foi publicado na Alemanha Ocidental, na coletânea *Moderne brasilianische erzahler/Modernos contistas brasileiros (Carl Heupel, Walter Editora,1968),* e, em 1970, é incluído em seu novo volume de contos, *Violentos e desalmados.* Em sua trama, é expressa, em tônus de tragédia e atmosfera fantástica, a funda relação existencial entre o homem e o rio (origem da vida). Relação aqui metaforizada pelo "velho Teofloro", torturado na prisão e cujo sofrimento desumano era aliviado pelo "carinho" que o Rio Cachoeira lhe enviava através do "vento sussurrante".

Escritor que, obsessivamente, escreve e reescreve ou recria seus contos, Cyro de Mattos vem construindo um universo novelesco trágico, atravessado por certas constantes que o singularizam no conjunto do romance brasileiro: a Posse da Terra vivenciada pelo poderoso, como algo inerente à sua própria vida; o eterno/trágico choque entre Pai e Filhos; a funda/existencial ligação do homem com a natureza (benfazeja ou hostil) e a loucura ou a animalização do ser humano, aviltado pelo poderoso.

Se em *Berro de fogo*, seu livro de estreia, a forma, o estilo ou o domínio da linguagem narrativa se mostram ainda indecisos/imaturos... a problemática nuclear do Autor já se faz presente em todos os contos, embora ainda sem a complexidade e violência que iria assumindo de livro para livro. No conto que abre o volume, "Bastantemente solidão", já surgem duas das linhas-de-força que energizam o universo do Autor: a posse da terra (e suas riquezas) vivenciada pelo Coronel, como algo inerente ao seu próprio ser; e o choque de ideias que o leva a sentir-se traído pelo "filho doutor". Numa linguagem em moto-contínuo (oscilante entre o registro realista/racional e o fragmentado) anuncia-se, desde o início, o motivo desencadeante da tragédia final: a crise do comércio de cacau, agravada pelos conchavos políticos, e que leva os cacauicultores à decadência econômica.

É dentro desse momento de crise que encontramos o despótico Coronel Marcolino, prisioneiro do desespero e raiva, por se ver ameaçado de perder sua riqueza — o cacau estocado e sem valor —, pois, com ela, perdia também sua hombridade, seu orgulho de homem poderoso. Perda agravada, por sentir-se traído pelo "filho doutor" e suas "ideias comunistas", defendendo os "direitos do pobre" a ter acesso às terras. Num repente de revolta e dor, arrasta sacos de cacau para o fundo do quintal, "formando um círculo em volta da goiabeira". Derrama querosene sobre eles.

> Atiçou fogo. As lágrimas desciam pelo rosto. [...] Meteu-se adentro do fogaréu. Logo invadiu o ar o odor de carne queimada com o mofo do cacau. Em cima, as andorinhas faziam dança, em voos serenos, no descambar da tarde.

Nesse final, já se manifesta uma das constantes do mundo criado pelo Autor: a indiferença da Natureza em relação à tragédia humana — dado que intensifica o peso da revolta/frustração/solidão em que vivia o Coronel e que o leva ao suicídio.

Quase vinte anos depois, esse drama e problemática voltam, estilisticamente transformados na pequena e emblemática novela "Coronel, cacaueiro e travessia" (in *Duas narrativas rústicas*, 1985). No estilo interrogante/dialogante, que se tornou uma das formas mais expressivas da ficção pós-moderna, essa nova versão já expressa a alteração de ótica que, a partir dos anos 1980 (quando o Escritor se revela Poeta), vai infiltrar um novo humanismo na visão trágica que desde sempre predominara em seus escritos. Ao mesmo tempo, nela se intensifica um problema hoje ainda em aberto (com maior ou menor impacto nos diferentes estratos sociais): *o choque entre mentalidades* — a do Passado (fundado em diferentes formas do sistema senhor/escravo, poderoso/desvalido) e a do Presente utópico (assente no ideal de igualdade de condições para a autorrealização de cada ser humano). E o final abrupto e seco da primeira versão — com "o odor de carne queimada com o mofo do cacau" e a Natureza indiferente, com "as andorinhas em voos serenos" — agora se dilui numa atmosfera serena, quase lírica, em que apenas se sugere a tragédia:

> Abafada é a respiração do coronel na terra quente que flutua [...] Olhar imóvel e frágil que começa a se apagar [...] Onda de mansidão percorre agora o corpo todo, a tomar lugar daquela fúria que sempre comandou os sentimentos.

Enquanto o coronel agoniza, vai perdendo a ligação com o presente frustrante e volta ao mundo da origem.

Nessa mesma versão trágico-lírica, essa novela volta em novas coletâneas (*Os recuados*, 1987, e *Berro de fogo e...*, 1997), como que confirmando a problemática nuclear do Autor: a escavação do Homem e suas circunstâncias.

Essa visão de homem — a do Coronel despótico, apegado visceralmente aos seus bens e riqueza (que lhe garantem Poder absoluto sobre os que com ele convivem) e seu contínuo conflito com as ideias humanitárias dos filhos, será a tônica dominante no universo de Cyro de Mattos, desembocando fatidicamente na tragédia: no fracasso de seu Poder e consequente autodestruição de sua vida.

Essa problemática (conjugação de despotismo, hombridade e tragédia) já se anuncia no conto-título da coletânea de estreia, *Berro de fogo*. Embora o drama seja vivido por um "pau mandado" do Coronel, este será a causa desencadeante da tragédia que, no final, o atinge. O personagem-eixo é o Mãozinha, caboclo "triste e só", que perdera alguns dedos da mão direita no pipocar desastroso de um foguete em noite de São João. De caráter bom e pacífico, conformado com seu aleijão e fiel cumpridor de suas tarefas, Mãozinha, por ordem do Coronel e sua ganância, fora obrigado a matar, com seu "berro de fogo", um pobre homem, honrado e inocente. Injustiça por ele cometida, que sua *hombridade*, seu senso inato de justiça repudiavam e passaram a atormentá-lo.

Deixou as terras do Coronel. "Pra longe foi, consigo a pensação da morte mandada", a exigir a punição do responsável. Com o tempo, decide: "retornar pro Ribeirão do Gado", terras do Coronel. Num "capoeirão" arma a emboscada. Ao avistar o Coronel, sozinho a cavalo, com o mesmo "berro de fogo" atira... Mas a morte não vem logo. O Coronel se arrasta na mata, inutilmente pedindo socorro, acompanhado de longe pelo olhar do Mãozinha e pelos urubus que, depois de "dois dias" de espera, caíram sobre "as carnes do coronel". A Natureza, na figura dos "urubus", participa do ato de justiça, numa terra em que a Lei é a palavra dos Coronéis.

Reinventado, anos depois, abrindo uma nova coletânea do Autor (*Berro de fogo e outras histórias*, 1997), a tragédia em bruto, contada originalmente pelo narrador (em 3ª. pessoa), transforma-se num relato memorialista: "*Conto porque foi um despropósito sem tamanho. Até hoje me lembro de tudo como se estivesse acontecendo neste momento.*" Vamos acompanhando o relato de um Eu, em diálogo/monólogo com alguém que permanece em silêncio e que, no final, descobrimos ser o próprio Escritor que ouve o seu Personagem: "*Vosmecê quer saber se o sono voltou e eu passei a ter meu sossego? Não voltou, Cyro, não voltou.*" A mudança de foco narrativo cria uma nova atmosfera emotiva. A objetividade descritiva da primeira versão cede lugar à narração dos dolorosos/trágicos fatos, filtrados pela memória, circunstância que atenua (ou engrandece) o vivido.

Obra que se revela em continuado processo de recriação estilística e de escavação existencial, a de Cyro de Mattos, enraizada em sua terra e sua gente, expressa a constante busca de uma sintonia cada vez maior com a acelerada mutação do nosso tempo.

O conflito Coronel/Filhos

Um dos temas candentes do mundo criado por Cyro de Mattos é o conflito entre o Coronel e os Filhos — engendrado pelo medo obsessivo do Pai em ser espoliado de sua riqueza e poder pelo Filho. Conflito controvertido que não chega a ser resolvido quanto a quem atribuir, realmente, a mesquinhez ou cobiça que provoca o choque entre ambos. A avareza do pai? Ou a cupidez do filho?

Em "Bastantemente solidão", é o Coronel que se revela mesquinho/odiento em relação ao "filho doutor" humanitário. Já em "Chove sangue nas terras de Cantigó" (in *Vio-*

lentos e desalmados, 1970) — uma das histórias mais terríveis/violentas, na obra do Autor —, são os filhos cruéis que cobiçam e se apossam do que é do pai e acabam se matando entre si. A ambiguidade da problemática se aprofunda em "Somente Ele escutou a fúria do mar" (in *Os brabos*, 1979). Numa escrita seivosa que, de imediato, agarra o leitor, tudo oscila entre positivo e negativo. Teriam razão os dois filhos (o médico e o engenheiro) que levam o velho pai (grande fazedor da fortuna familiar) para morar à beira-mar, visando sua melhor saúde e bem-estar? Ou teria razão o pai, ao crer que os filhos queriam apossar-se do que era dele, antes de sua morte, e por isso ali o exilaram? Na narrativa, ambas as possibilidades se misturam dentro da atmosfera ambígua que envolve os fatos. Ali, tudo oscila entre polos contrários. Até o mar que, no início, seduz o velho, com sua grandeza, placidez e beleza, no final, tomado de fúria, arrasta-o como algo infernal/grandioso que procura engoli-lo e contra o qual ele luta até se entregar vencido, não sem — antes de ser engolido pelas águas — lançar um último grito de maldição aos filhos: "Poooooorcos".

Berro de fogo...

Em uma de suas últimas coletâneas, *Berro de fogo e outras histórias*, uma nova atmosfera se insinua pelas frestas do mundo fechado/cruel, desde sempre escavado pelo Autor. Foram aqui recolhidos alguns de seus mais fortes contos ou novelas publicados durante vinte anos e cuja violenta matéria faz contraponto com uma certa ternura dolorida que atenua a dureza antiga — ternura ou compaixão pela solidão da velhice quando a morte leva o companheiro; ou o diluir-se o desamor do filho pelo pai severo (que ele não compreendia e que só o censurava) ao vê-lo, velho e cansado, embalar com carinho o neto recém-nascido.

Desde os anos 1980, a Poesia vinha abrindo um novo espaço no mundo ficcional criado pelo Autor, desde os Anos Sessenta. *Cantiga grapiúna* (1981) revelou o Poeta — a palavra que, entranhada na terra de origem e no viver cotidiano, expressa "o efêmero à margem do eterno". Mário da Silva Brito, registrando esse novo pulsar da palavra do escritor grapiúna, apontou a diferença em relação à sua ficção: "*... dos versos de Cantiga grapiúna não resultam cicatrizes, mas bálsamos que curam feridas da vida dolorosa que todos sofremos.*"

Loucura e animalização

Entre as histórias reunidas na coletânea *Berro de fogo e...* que deixam "cicatrizes" mais fundas, está o fantasmal "Infância com bicho e pesadelo". Trama labiríntica que se desenrola numa casa em ruínas, onde mora um homem estranho, cuja vida, desde menino, concentrou-se na profunda afeição que o ligava ao gato Sarampelo. Afeição que enfurecia o pai e o leva a matar o bicho. A perda violenta do gato amado leva o menino, depois homem, a perder-se na esfera da loucura, convivendo sozinho na casa sombria com o fantasma do gato, num eterno retorno: o fim se ligando ao começo e tudo se repetindo infinitamente, até sua morte, já velho. Loucura e animalização, resultantes da crueldade dos poderosos, aviltando os desvalidos, são temas que percorrem o universo ficcional de Cyro de Mattos.

Em "Ladainha nas pedras", a trama se desenvolve em torno da *via crucis* de Bituta, pobre mulher, esmagada pela miséria e que ganha a vida com os animais mortos no matadouro, e cujas vísceras ela vende. Frase em jorro, "*Ladainha nas pedras, danação nas veias, sol roxo de martírio*", tem estrutura narrativa circular, a vida fechada na tragédia cotidiana que se repete eternamente.

Caberia, ainda, nesta coletânea, "Os brabos" — de húmus

faulkneriano e um dos seus mais contundentes textos que denunciam a animalização do homem, condenado a um viver primário e rude. É dos últimos contos, em que o Autor se faz testemunho do homem visto como um ser-para-a-morte. Estruturado por uma fala ininterrupta/labiríntica, a de um Eu confuso e rude, que fala a alguém, que permanece calado — aparente diálogo que, no final, se revela como um torrencial monólogo. O leitor é jogado na consciência do *eu falante*, onde tudo se atropela de modo confuso, o passado misturado ao presente, frases interrompidas, para serem retomadas adiante, interrogações sem resposta. O tom descontraído, em tom de conversa, que é mantido do princípio ao fim, contrasta com a situação trágica, em que o eu-que-fala se sente encurralado (contraste que aprofunda a tragicidade da trama). Ele acabara de saber da iminente prisão, pela Justiça, de seu irmão menor, embrutecido pela vida quase animalesca em que vivia. Seria internado num sanatório, onde o tratamento reduzia humanos a bichos — caminho aberto para a loucura que desemboca na morte. O conto termina com a visão das "duas cruzes brancas" no caminho, marcando o destino final dos dois irmãos. Em essência, "Os brabos" resulta em um terrível inventário-denúncia das condições primárias/animalescas da vida humana em rincões ainda não alcançados pela civilização.

Obra ainda em processo, que há muito vem redescobrindo o homem como um ser-feito-de-tempo, e não mais como um ser-para-a-morte, a de Cyro de Mattos já conquistou seu lugar nos quadros da Literatura Brasileira contemporânea.

NOTÍCIA DO AUTOR

Cyro de Mattos nasceu em Itabuna, cidade do sul da Bahia, em 31 de janeiro de 1939, filho de Augusto José de Mattos e Josephina Pereira de Mattos. Primeiros estudos na cidade natal. Completou o curso ginasial no Colégio Maristas, em Salvador, e fez o curso clássico no Colégio da Bahia (Central). Diplomado em advocacia pela Faculdade de Direito da Universidade Federal da Bahia, em 1962. Como universitário, dirige o jornal "A Palavra", do Centro Acadêmico Ruy Barbosa. Advogado aposentado, depois de militar durante quarenta anos nas comarcas da região cacaueira na Bahia. Jornalista com passagem na imprensa do Rio de Janeiro, onde foi redator do "Diário de Notícias", "Jornal do Comércio" e "O Jornal". Ainda no Rio de Janeiro, de 1966 a 1971, colabora com artigos e contos nas revistas "A Cigarra", "Cadernos Brasileiros" e "Leitura"; no "Jornal do Escritor", "Jornal de Letras", suplementos literários do "Jornal do Comércio" e "Jornal do Brasil". Nos últimos trinta e cinco anos, colaborações suas aparecem na "Revista da Bahia" (Salvador), revistas "Exu", da Fundação Casa de Jorge Amado (Salvador), "Quinto Império", do Gabinete Português de Leitura (Salvador), "Iararana" (Salvador), "Cultural A Tarde", do jornal "A Tarde" (Salvador), "O Escritor", da União Brasileira de Escritores (São Paulo), "Jornal da Manhã" (Sergipe), "Tribuna do Escritor" e "Rio Artes" (Rio de Janeiro), "Suplemento Literário de Minas Gerais" (Belo Horizonte), "Revista de Literatura Brasileira" (São Paulo) e "Literatura" (Brasília).

Contista, poeta, cronista, novelista, ensaísta, autor de livros infantis, organizador de antologia. Já publicou 50 livros, possui inúmeros prêmios literários, e, entre eles, o Prêmio Nacional de Ficção Afonso Arinos, concedido pela Academia Brasileira de Letras para o livro "Os Brabos", o Prêmio Jabuti (menção honrosa) para "Os Recuados", o Prêmio da Associação Paulista de Críticos de Arte para "O Menino Camelô", poesia infantil, e, com o "Cancioneiro do Cacau", o Prêmio Nacional Ribeiro Couto da União Brasileira de Escritores, Rio de Janeiro, para livros inéditos, e o Prêmio Internacional de Poesia Maestrale Marengo d'Oro, Gênova, Itália. Distinguido com os títulos da Ordem do Mérito da Bahia e Personalidade Cultural da União Brasileira de Escritores, Rio de Janeiro. Participa em várias antologias internacionais do conto, como "Visões da América Latina", publicada na Dinamarca, na qual estão inclusos, entre outros, Jorge Luís Borges, Alejo Carpentier, Miguel Angel Astúrias, Juan José Arreola, Julio Cortázar, José Donoso, Mario Vargas Llosa, Juan Carlos Onetti, Juan Rulfo, Mário de Andrade, Aníbal Machado e Clarice Lispector, e "Narradores da América Latina", editada na Rússia, na qual figuram, entre outros, Julio Cortázar, Mario Benedetti, René Marques e Rosário Castellanos. Poemas seus foram incluídos na antologia "Poesia do Mundo 3", organizada por Maria Irene Ramalho de Sousa Santos, da Universidade de Coimbra, publicada em Portugal, com tradução de Manuel Portela para o inglês, reunindo poetas de dezesseis países,

O nome de Cyro de Mattos figura em obras como "Novo Dicionário da Língua Portuguesa", de Aurélio Buarque de Holanda Ferreira, "Dicionário Literário Brasileiro", de Raimundo de Menezes, "Enciclopédia de Literatura Brasileira", de Afrânio Coutinho, "Literatura e Linguagem", de Nelly Novaes Coelho, "Navegação de Cabotagem", de Jorge Amado, "Bibliografia Crítica do Conto Brasileiro", de Celuta Moreira Gomes e Theresa da Silva Aguiar, e "Enciclopédia Barsa". Sua obra vem recebendo estudos nas universidades. Participou como convidado do III Encontro Internacional de Poetas da Universidade de Coimbra, Portugal, em 1998. Da Feira Internacional do Livro de Frankfurt em 2010 quando autografou a antologia poética "Zwanzig von Rio und andere Gedichte", publicada pela Projekte-Verlag, de Halle, com tradução de Curt Meyer Clason. E do XVI Encontro de Poetas Iberoamericanos da Fundação Cultural de Salamanca, Espanha, em 2013. Possui livros pessoais publicados em Portugal, França, Alemanha e Itália. A obra de Cyro de Mattos tem sido reconhecida pelos críticos como significativa e, pela versatilidade que alcança em sua expressividade, linguagem adequada e moderna, já faz parte da literatura brasileira contemporânea. Seus contos e poemas participam de mais de 50 antologias, no Brasil e exterior. Pertence à Academia de Letras da Bahia e é Membro Titular do Pen Clube do Brasil.

Coleção À Margem da História (ensaios e estudos):

1. PEREGRINAÇÕES AMAZÔNICAS
   Fábio Lucas

2. ESCRITORES BRASILEIROS DO SÉCULO XX
   Nelly Novaes Coelho

3. RAINHAS DA ANTIGUIDADE
   Dirce Lorimier Fernandes

Próximo lançamento:

AS MARGENS E O CENTRO
Olga Savary

Coleção Sentimento do Mundo (poesia):

1. TRATADO DOS ANJOS AFOGADOS
   Marcelo Ariel

2. O HOMEM DESERTO SOB O SOL
   Edivaldo de Jesus Teixeira

3. ANIMA ANIMALIS – VOZ DE BICHOS BRASILEIROS
   Olga Savary

Próximo lançamento:

REFÚGIOS DO TEMPO
Francisco Moura Campos

Esta obra foi impressa pela Gráfica EME, Av. Brig. Faria Lima, 1080, V. Fátima, Capivari, Estado de São Paulo, Brasil, para a Associação Cultural Letra*Selvagem*, em maio de 2014.